Pôle fiction

Stéphane Daniel

Gaspard in love

GALLIMARD JEUNESSE

Cet ouvrage a été publié pour la première fois en 2006,
puis en 2010 sous le titre *Si par hasard c'était l'amour*,
aux Éditions Rageot.

Illustration de couverture et illustrations intérieures :
Laurence Ningre

Pour Gilles Fresse,
malgré l'implacable férocité
de la concurrence.

Ce que j'ai vécu, tout le monde aurait pu le vivre, et d'ailleurs tout le monde est en train de le vivre, à des niveaux différents.

David Di Nota,
Quelque chose de très simple

Ce qui est étrange dans l'acquisition du savoir, c'est que plus j'avance, plus je me rends compte que je ne savais même pas que ce que je ne savais pas existait.

Daniel Keyes,
Des fleurs pour Algernon

On se croit au fond du gouffre, puis l'espoir renaît : le sol se dérobe.

Éric Chevillard,
L'Œuvre posthume de Thomas Pilaster

État des lieux

La Dacia Sandero filait bon train sur l'asphalte. Au volant, une casquette blanche posée sur la tête, mon père savourait son plaisir. Il l'avait achetée un mois avant notre départ, sur le parking d'un centre commercial du côté d'Orly, pour une poignée de cerises, avait-il même claironné. Quatre malabars des services secrets auraient couru autour, une main posée à plat sur chaque aile, qu'il n'aurait pas été plus fier le jour où il nous l'avait présentée.

Elle avait appartenu à un petit vieux. L'occasion du siècle.

– Rien de mieux que les petits vieux pour entretenir leur véhicule, nous avait-il expliqué. Celui-là, il a dormi sous une couverture au fond d'un garage (j'ai supposé qu'il parlait du véhicule, pas du petit vieux). Le carnet d'entretien est nickel. Et elle n'a que cent vingt-cinq mille kilomètres au compteur ! Une horloge !

L'horloge, il aurait fallu un peu mieux la remonter. On avait à peine quitté l'A5 pour l'A31 quand le moteur a commencé à tousser. Cinq minutes après, une épaisse fumée blanche obscurcissait notre horizon estival. J'ai décollé mes écouteurs et troqué les accords harmonieux d'Evanescence contre un déprimant concerto pour flatulences métalliques.

Mon père s'est rangé sur la bande d'arrêt d'urgence et il a fait ce que font tous les conducteurs en pareil cas, qu'ils soient pilotes de Formule 1 ou tracteurs de caravane : il a soulevé le capot et s'est penché sur le moteur. Il m'évoquait un orang-outang essayant de déchiffrer la pierre de Rosette. Ma mère et moi connaissions la suite. Il allait revenir et dire : « Je ne vois pas ce que ça peut être. » Pour l'instant, il imitait le mécano qui cherche l'origine de la panne et, accessoirement, se pénétrait du rôle en tartinant ses mains de graisse noire. Je parie qu'il y avait des trous dans la couverture du petit vieux, et qu'il devait manquer quelques tuiles au toit de son garage.

J'ai levé les yeux au ciel, enfin au plafond de la Dacia, et soupiré. L'espoir d'arriver dans notre location de Saint-Raphaël avant la nuit était réduit à néant. Adieu premières balades le long de la plage avec les potes de l'an dernier. Tony, ce chacal, ne me voyant pas débarquer, allait se précipiter sur Sandrine et la draguer comme un malade. Les sentiments que j'avais inspirés à cette déesse l'été dernier (pâmoison, regards chavirés, mains moites, râles de désir… la totale, quoi!) ne résisteraient probablement pas à un retard de vingt-quatre heures.

– Je ne vois pas ce que ça peut être.

La vitre était baissée, papa avait posé ses avant-bras sur la portière et secouait la tête comme un chirurgien qui pense avoir amputé la mauvaise jambe.

– Tu m'étonnes! ai-je lâché.

– Je crois qu'il faudrait appeler une dépanneuse, chéri, a dit maman avec un stoïcisme qui forçait le respect.

Leurs regards se sont tournés vers moi. Compris… Privilège de la jeunesse, j'étais bon pour la randonnée pédestre à la recherche d'une borne d'appel salvatrice.

Les vacances commençaient du tonnerre!

Cinq ans après, m'a-t-il semblé, la dépanneuse est arrivée et nous a hissés sur le plateau. La cabine avant n'offrant que deux places aux infortunés, j'ai dû rester dans la Dacia. Le trajet jusqu'à Fonlindrey, le village de notre garagiste, s'est transformé en calvaire pour moi. Les occupants des voitures qui nous doublaient ne se privaient pas de ricaner.

J'ai relevé tous les numéros. Un jour viendrait où je me vengerais.

Donc, couverts de ridicule, nous avons

pénétré dans ce Village Vert de Vacances, comme indiqué sur une pancarte à l'entrée. C'est un label de qualité, un peu comme le Label Rouge pour les poulets : l'assurance d'y trouver des boîtes de nuit, des bars à tapas, une salle de jeux vidéo, une piscine olympique, un cinéma multisalles… Non, je rigole. À première vue, les points communs avec Saint-Raphaël étaient inexistants. Ça tombait bien, nous n'avions pas l'intention de nous éterniser.

Le praticien mécanicien, Jean-Pierre Pichon, du garage Pichon, a jeté un œil pressé sur notre véhicule et nous a conseillé de chercher un endroit pour dormir. Sans doute avait-il une moissonneuse-batteuse à réparer avant notre bolide. Sa belle-sœur tenait un hôtel. Elle n'est pas belle la coïncidence ?

Voilà comment le Lion d'Or nous a ouvert ses portes.

Et comment le piège s'est refermé sur nous.

Au Lion d'Or, j'ai récupéré la chambre où le lion avait dormi. L'odeur m'a sauté à la gorge aussitôt la porte close. Ce devait être un lion fumeur. À moins que l'hôtel, dans un passé récent, n'ait accueilli un congrès de trappeurs au retour d'une fructueuse chasse au putois. Je me suis précipité vers la fenêtre pour aérer. C'était ça ou les convulsions sur la moquette.

L'air doux m'a fait du bien. J'ai attendu qu'un peu de pestilence s'échappe avant d'étudier les lieux plus en détail.

Ainsi donc, quelqu'un avait délibérément choisi, entre tous les papiers peints existant au monde, le modèle à losanges couleur caca-de-poule ? La pose sentait le travail d'intérêt général, avec un délinquant qui, sur les raccords, avait psychologiquement démissionné. Ici, même Vasarely n'aurait pas pu fermer l'œil.

Je suis resté un moment fasciné par le spectacle, puis j'ai baissé la tête pour ausculter la moquette. À première vue, son usure ne devait rien à l'usage intensif d'un aspirateur. Dieu seul sait ce qu'avec un bon microscope on aurait pu y trouver : des rognures d'ongles de trappeurs, des cheveux, des morceaux de gigot, des cadavres de mulot, du tiramisu… J'ai tiré sur les rênes de mon imagination pour éviter de courir acheter illico des échasses.

Du mobilier, on pouvait seulement dire qu'il était généreux. En effet, soit il donnait à réfléchir, soit il prêtait à rire. La table de chevet était hilarante. Elle penchait de plusieurs côtés (oui, c'est possible) et supportait une lampe constituée d'une bouteille de mousseux vide sur laquelle on avait monté un abat-jour en macramé. La scène champêtre fixée au-dessus de la tête du lit avait un passé de couvercle de boîte de chocolats. L'armoire ressemblait à un cercueil qu'on aurait redressé. Quant à la télé, perchée au sommet de l'armoire, outre que la regarder devait entraîner d'irrémédiables problèmes de cervicales, je n'ai pas osé la brancher de peur de tomber sur une finale de Wimbledon avec Björn Borg.

Dans la salle de bains, le décorateur s'était surpassé. La douche, une cuvette grisâtre pudiquement protégée par un rideau attaqué à la base par des variétés rares de champignons, faisait face à un lavabo ayant subi depuis mille ans les agressions incessantes de la brigade du calcaire déchaînée. Pour ouvrir les robinets, il fallait une clé de douze et des muscles en titane.

Au fond, coincées entre le mur et le lavabo, les toilettes n'avaient pas de quoi se vanter. Ainsi placées, seuls des Oompa-Loompas pouvaient les utiliser sans se pencher sur le côté. Comble du raffinement, une affichette artisanale vous informait qu'il s'agissait d'un Sanibroyeur ! En conséquence, dès que vous tiriez la chasse, un moteur de tondeuse à gazon se déclenchait et fournissait aux résidents de l'hôtel de précieux renseignements sur vos activités du moment.

Pour cette chambre, je n'ai pas eu le coup de foudre. N'était-ce pas la 13 qu'on m'avait fourguée ? En sortant sur le palier, j'ai vérifié quand même. Non, j'étais bien dans la 31. Sauf à imaginer qu'un mort-vivant ait inversé les chiffres sur ma porte, je pouvais écarter l'hypothèse d'une confusion.

Ce soir-là, ce soir de début juillet, j'étais donc supposé y passer une nuit. Ça aurait pu être pire. À l'heure qu'il était, après le crash de notre avion dans les Andes, nous aurions pu tirer à la courte paille celui d'entre nous qui serait mangé le premier.

J'ai franchi la distance qui me séparait de la 32 et j'ai frappé au battant. Ma mère a ouvert. Je me suis pincé le nez. Ici, les trappeurs avaient éviscéré des caribous. Mais maman, souriante, ne bronchait pas.

– Alors, chéri, tu es bien installé ?

J'ai failli m'étrangler.

– Tu rigoles, là ?

– Non, pourquoi donc ?

J'ai glissé un pied dans leur chambre et passé la tête. Papa transvasait le contenu d'une valise dans la réplique de cercueil dressé qui s'était, là aussi, déguisée en armoire. Il sifflotait. Il *sifflotait* ! Je me suis tourné vers ma mère.

– Ne me dis pas que nous nous *installons* ici. Si déjà je parviens à passer une nuit dans ce trou à rats sans m'abrutir de somnifères, je pourrai m'estimer heureux.

– Oh, a protesté maman, tu es bien délicat ! Avec ton père, nous trouvons l'endroit charmant.

Et elle est retournée vaquer à ses occupations,

sans remarquer ma bouche béante et mon air ahuri.

D'accord, je comprenais soudain : des Vénusiens avaient kidnappé mes parents et les avaient remplacés par des répliques ectoplasmiques parlant notre langue. Pas de pot pour eux, j'avais déjà vu deux fois *Men in Black* !

– Papa, rassure-moi, la bagnole sera prête demain ?

Mon père s'est retourné en haussant les sourcils pour exprimer une incertitude qui m'a fait froid dans le dos.

– Normalement, oui. Mais le mécanicien doit affiner son diagnostic en fin de journée. Pourquoi ?

Saletés de Vénusiens ! J'aurai votre peau, dussé-je vous traquer jusqu'aux montagnes de l'Oural !

– Papa, ai-je ajouté comme si je m'adressais à un petit enfant perdu au milieu de son bac à sable, la perspective de passer plus de vingt-quatre heures dans ce bled ne t'effraie pas plus que ça ?

– Les vacances, c'est toujours un peu l'aventure, fils ! Ce petit village est fort sympathique, l'hôtel accueillant ! Tu ne devrais pas t'angoisser, mais profiter du moment présent. Comme nous.

Accueillant ? Je confirme, les Vénusiens ne sentent pas les odeurs. Et leurs pieds sont vaccinés contre la mycose de la moquette pourrie.

– Il t'a dit quoi exactement, le docteur des voitures ? ai-je renchéri.

– Que ce devait probablement être une durit ou un machin comme ça.

Mon père et la mécanique, ça fait deux. Même quand il crève un pneu, il pense d'abord que c'est une durit. En vérité, il est capable de citer le nom d'une autre panne. J'espérais qu'il n'aurait même pas à l'évoquer…

Il s'est de nouveau penché sur sa valise ouverte. Pour peu qu'elle se mette à cracher de la fumée, j'aurais eu l'impression de tourner un *remake* de notre grand succès de l'été dont l'action se déroule en début d'après-midi, au mois de juillet, sur l'A31…

À L'AFFICHE CETTE SEMAINE !
DANS L'ENFER DE LA BANDE D'ARRÊT D'URGENCE
un film de Steven Spielberg avec Ludovic et Martine Corbin.
Pour la première fois à l'écran, le talentueux et sublime
Gaspard Corbin

PAR UN BEAU MATIN ENSOLEILLÉ,
LA FAMILLE CORBIN ROULE SUR L'AUTOROUTE DES VACANCES
QUAND, SOUDAIN, UNE ODEUR DE CHAIR
EN DÉCOMPOSITION MONTE DU CAPOT.
LEUR DACIA A RENDU L'ÂME.
ATTAQUÉS PAR DES DÉPANNEURS,
ILS SE RÉFUGIENT DANS UN HÔTEL SORDIDE.
LÀ COMMENCE L'HORREUR.

Prix
du scénario
à la Mostra de Venise

Prix
en baisse
chez
Leclerc

Prix
pop-corn
au festival de Gérardmer

Journal (extrait)

Juillet entre par la fenêtre, avec ses odeurs, sa douceur et cette amertume qui me mord le cœur.

En bas, j'entends les parents qui s'affairent. Ils sont tellement heureux de revenir s'installer ici pour de longues semaines. Ils ne se demandent pas vraiment si je partage leur folle envie de m'enterrer chaque été dans le village, si retrouver les mêmes amis sur place me suffit. C'est le repos des enseignants, disent-ils, quand la tension nerveuse accumulée se dissout dans les activités manuelles, répétitives. Et puis avoir acheté cette maison représente un sacrifice qu'il faut bien rentabiliser… Ils mettent l'année scolaire en jachère et changent d'aire, prêts à retourner la terre du jardin aux premières heures du jour, à voir rougir les tomates, rosir les fraises, fleurir les fleurs.

J'aimerais tant en faire autant avec la parcelle qui se dessèche dans ma poitrine, l'arroser de regards tendres, sentir que le sol se craquelle et s'ouvre sur un verger. Les autres ont bien droit aux déclarations, aux baisers, aux étreintes. Moi, c'est à la peur que j'ai droit, celle de rater ce que je ne vis pas encore, une peur tellement puissante qu'elle me paralyse, étrangle mes gestes et mes phrases, me rend invisible, insipide, insensible, transparente, ennuyeuse.

Les paroles de réconfort prononcées par Mado avant que nous ne nous séparions pour les vacances ne parviennent pas à traverser cette couche de doute qui forme ma carapace. Chère Mado… « Mais je ne comprends pas, tu es belle, intelligente, les types craquent pour toi et tu ne le vois même pas ! Si j'étais toi, comment je les rendrais fous ! »

Mais tu n'es pas moi, et ils sont fous de toi.

Et puis ce n'est pas d'une cohorte de soupirants dont je rêve, mais d'un seul visage penché sur le mien, d'une seule main glissée dans la mienne. De quelqu'un qui me ferait naître.

Mauvaise nouvelle

En rejoignant la salle du rez-de-chaussée, j'ai croisé la patronne, une femme tout en rondeurs, avec des cheveux en botte de foin et une tête à poser pour la photo « avant » des publicités de crèmes antirides. Je m'attendais un peu à ce qu'elle me demande si le fantôme du pendu de la chambre 31 m'avait laissé en paix, mais elle s'est contentée de m'adresser un sourire et de me souhaiter bonjour.

Mes parents étaient déjà attablés. Je n'ai eu aucun mal à les repérer, les clients étaient rares (tu parles d'une surprise !) : un couple de vieillards, la soixantaine bien tassée, un autre plus jeune, genre routards motards qui se couchent avec leur casque sans même s'en rendre compte. Bonjour, bonjour, et je me suis concentré sur mon bol en écoutant d'une oreille distraite leurs commentaires hallucinants sur le charme de cette étape impromptue. Les Vénusiens n'étaient donc pas repassés dans la nuit récupérer leur matos.

Un quart d'heure plus tard, on terminait le petit déjeuner chez les Thénardier : pain décongelé et café *british* (recette : deux grains de café moulu et cinquante litres d'eau bouillante que vous touillez dans le chaudron avec une longue pelle en bois). Mes parents se sont régalés.

– Ce que j'ai bien dormi ! a dit maman en s'étirant sur sa chaise.

– Vous n'avez pas été attaqués par les rats ?

– Quels rats ? m'a demandé papa.

– Ben, tu sais, ces rongeurs porteurs de la peste qui pullulent à l'étage. À minuit, j'en ai entendu deux courir dans ma chambre. Au bruit, je dirais qu'ils avaient la taille d'un phacochère.

– Gaspard ! a protesté maman.

– D'accord, je précise, d'un *petit* phacochère...

Ils n'ont pas relevé. Ils étaient habitués. D'après eux, mon charme provenait de ce léger penchant au négativisme et à l'exagération qu'un examen scrupuleux de ma personne permet parfois de détecter. Ils regrettaient simplement que je sois souvent incapable de la mettre en veilleuse.

Pourquoi le ferais-je ? Tout ce que je dis est VRAI !

Enfin, j'ai choisi de goûter comme eux aux plaisirs simples d'un petit déjeuner traditionnel chez les péquenots, de cette nappe à fleurs, de ce rayon de soleil qui venait lécher les miettes de notre repas, puisque nous étions amenés à nous arracher dans une heure à ce paradis terrestre. D'avance, je souffrais le martyre.

– On y va, papa ?

J'ai lancé ça d'une voix guillerette et néanmoins impérieuse. Un rendez-vous chez le garagiste, c'est comme chez le dentiste, ça n'attend pas. Où en étions-nous de notre rage de Dacia ?

Nous sommes sortis entre hommes dans l'aube radieuse.

L'hôtel donnait sur une placette ornée d'une fontaine, centre névralgique de la mégalopole constituée d'une pharmacie, d'une boulangerie, d'une boucherie, d'un bureau de poste et d'un marchand de journaux. Pour la culture, il y avait même une bibliothèque !

En longeant la vitrine (Eh ! les gars, vous connaissez Ajax vitres ?), j'ai pu constater que les heures d'ouverture prenaient peu de place dans les heures de fermeture. Fallait pas rater son métro quand on voulait rendre le roman emprunté la semaine d'avant !

Le garage se situait deux cents mètres plus loin, à la sortie de la ville. En approche, j'ai ressenti des ondes négatives. La Dacia n'était pas garée sur le terre-plein. Elle aurait dû l'être.

Avec le moteur qui tourne et le capot déjà dirigé vers Saint-Raphaël.

Le mauvais présage s'est confirmé une minute après. En pénétrant dans l'atelier, nous avons aperçu notre véhicule en fâcheuse posture, perché au sommet d'un pont élévateur. Dans la fosse, une tête de mécanicien regardait sous ses jupes.

Papa a toussé. Le type sous la Dacia n'a pas bronché, mais la porte vitrée d'une cabine que nous n'avions pas remarquée sur notre droite s'est ouverte sur la personne navrée de Jean-Pierre Pichon, du garage Pichon.

– Monsieur Corbin ? a-t-il lancé, comme s'il attendait aussi le prince Mohammed ben Salmane d'Arabie saoudite et qu'il risquait d'y avoir confusion. Je n'ai pas de bonnes nouvelles.

– Ce n'est pas la durit ? a dit papa.

Nostradamus étant mort, il y avait une place à prendre.

Jean-Pierre du Garage a secoué la tête longuement. J'ai eu peur. Peur qu'il embraye sur l'autre panne dont papa, pour l'avoir expérimentée, connaissait l'existence.

– À première vue, c'est le joint de culasse, a lâché le docteur.

T'as encore gagné le pompon, papa !

Quand je pense qu'il changeait de voiture pour éviter les ennuis ! Pour être tranquille !

Je suis sorti de l'atelier de la mort, laissant

le responsable de ce gâchis parlementer avec le spécialiste. L'horizon qui s'est offert à moi manquait cruellement de vendeurs de glaces à l'italienne, du bruit des vagues ratissant le sable et de déesses dénudées se déhanchant dans le soleil levant. À la place, des champs à perte de vue et des tournesols par milliers dardant sur moi leur gros œil narquois. Quoi, les tournesols, vous voulez ma photo ? J'ai fait un rêve de largage de désherbant vite interrompu par papa qui sortait de consultation.

– Alors ? ai-je soufflé, résigné.

– Minimum deux jours.

– DEUX JOURS ?! On sera morts d'ennui avant !

– Les pièces viennent de Dijon.

– Dijon, c'est pas Caracas ! Elles arrivent en tondeuse à gazon ou quoi ?

Papa a haussé les épaules en signe d'impuissance. Je suis revenu à la charge.

– Tu n'as pas d'assurance ? Le genre qui nous rapatrie en jet privé sur notre lieu de vacances et nous prête une Rolls en attendant que les réparations soient faites... ?

– Nous sommes assurés, mais de telles clauses ne sont pas prévues.

– Nous sommes juste assurés de crever ici, en fait.

– Deux jours, Gaspard ! Ce n'est pas le bout du monde !

– Et Saint-Raphaël ?
– Je vais appeler pour les prévenir que notre arrivée sera un peu décalée.
– Ou qu'ils réceptionneront nos corps avec le drapeau français posé sur les cercueils.
– Bon, arrête maintenant ! s'est-il fâché. Nous allons rentrer à l'hôtel et nous organiser au mieux en prévision de ces deux jours.
Je n'ai rien répondu, mais je n'en pensais pas moins.

À notre retour, ma mère était seule dans la salle à manger. Elle n'a pas accueilli la nouvelle avec la détresse que j'escomptais. Avec papa, ils forment un couple de moines bouddhistes touchés par la grâce de la sérénité.
– Allons faire un petit tour dans le village ! a-t-elle proposé. Autant faire contre mauvaise fortune bon cœur.
Papa s'est dirigé droit vers la Thénardier qui rapportait en cuisine le plateau abandonné par le couple de motards.
– Nous allons rester une ou deux nuits de plus, madame, si possible.
– Pas de problème, a-t-elle répondu. Je vous ai entendus tout à l'heure, la panne est plus sérieuse que prévu, finalement ?
– Oui, c'est le joint de culasse.
– Je vois, l'a-t-elle plaint. Une cochonnerie.

Faut tomber le bloc-cylindres et peut-être même bien changer la courroie de distribution. C'est une Dacia, non ?

– En effet, mais le garagiste ne m'a rien dit à propos du bloc des…

La phrase s'est achevée en gargouillis.

Déconfit, papa.

Éjecté à jamais du cercle tant envié des « mecs qui bricolent la mécanique » par une hôtelière franc-comtoise.

– Jean-Pierre vous fera du bon boulot, vous inquiétez pas, a-t-elle ajouté en souriant. Pas très rapide, mais méticuleux. Vaut mieux, remarquez, parce que des garages, dans le coin, y en a pas des masses. Faut aller sur Gray après, ou Dole…

Gray, Dole, que des noms qui m'ont toujours fait rêver…

– … Et votre garçon, là, s'il veut se faire des connaissances de son âge, le temps que vous repreniez la route, il peut aller faire un tour chez l'Antoine. Il tient un bistrot derrière l'église, la jeunesse d'ici s'y réunit.

– C'est très aimable à vous, madame, a repris papa.

– Pas de madame ! a-t-elle protesté avec véhémence. Tout le monde m'appelle Henriette, alors faites comme tout le monde !

Et elle a disparu dans sa cuisine.

– Qu'est-ce que tu en penses ? m'a demandé

papa. Tu pars en expédition et on se retrouve ici pour déjeuner ?

J'avais le choix entre un bistrot où je pourrais peut-être dénicher un flipper et une balade touristique avec mes parents s'extasiant devant un « magnifique toit du XIVe » ou « ce superbe trumeau gothique flamboyant ».

– On se retrouve ici tout à l'heure, ai-je dit.

– Alors bonne promenade ! a lancé maman.

– Y a pas de quoi !

La bande de jeunes

J'avais un repère, l'église. Je me suis donc fié au clocher pour trouver la Maison des jeunes et de la biture. Je pensais être mis sur la voie par des traces de vomi de Heineken ou des cartes de l'Argentine tracées par l'urine au bas des murs, mais rien de tout cela.

Dans une ruelle étroite partant de l'aile est de l'église, j'ai aperçu l'enseigne Au rendez-vous des amis. L'originalité du nom forçait le respect. S'il avait un chien, je parie que le patron l'avait appelé Médor. Quelques tables et chaises métalliques formaient une étroite terrasse ombragée par des glycines. Pas mal. Enfin, j'avais connu pire.

Des éclats de voix s'échappaient de la porte ouverte, des rires aussi, dont un qui sonnait clair. Un soupçon d'intérêt m'a titillé le bulbe rachidien et je suis entré.

– Bonjour, jeune homme !

Des grosses pierres, un plafond bas quadrillé par des poutres brutes, des fleurs pendues aux murs dans des pots en fer, et une reproduction des *Tournesols* de Van Gogh. Le type derrière le comptoir avait dû passer le casting pour *Les Brigades du tigre*. Il portait une moustache en guidon de vélo qui a failli m'arracher un sourire. Toutefois, le tatouage ornant son gros biceps gauche m'a dissuadé de faire quoi que ce soit qui puisse être mal interprété.

– Bonjour!

– Ils sont au fond, a-t-il ajouté en désignant du menton un couloir qui semblait conduire à l'arrière-salle.

Les conversations et les rires provenaient de là.

– Non, non, je voudrais juste un Coca, ai-je précisé.

Il a opiné, posé son torchon et ouvert un frigo qu'il a soulagé d'une bouteille. Je captais mieux les conversations, plusieurs voix distinctes dominées par les cascades d'un rire cristallin. J'ai avalé une gorgée à même la bouteille en feignant de m'intéresser à la déco; le serveur m'avait déjà complètement zappé, plongé dans ses pensées (« Vaut-il mieux que je l'essuie dans le sens des aiguilles d'une montre ou dans le sens *contraire* des aiguilles d'une montre, ce foutu verre? Ai-je bien été au fond ramasser les dernières traces d'humidité? » Etc.).

Mine de rien, je me suis levé, j'ai enchaîné quelques pas et me suis approché du couloir pour jeter un coup d'œil. Des silhouettes, plusieurs, et puis un morceau du flanc massif d'un baby-foot.

L'aubaine !

Je n'ai pas hésité plus longtemps et me suis engouffré dans le sas.

Il débouchait sur une pièce assez vaste, rectangulaire, occupée par quelques tables rondes, un flipper, le baby et même un billard dans le fond. La lumière traversait une fenêtre donnant sur une cour coincée à l'arrière du bâtiment. Des rayons de soleil obliques emprisonnaient des milliards de grains de poussière en suspension.

Mon arrivée a fait sensation ; j'y suis habitué, mais c'était plus marqué que d'habitude. Sur place, une dizaine de jeunes, mâles et femelles, se pressaient. J'aurais bien demandé aux gars de dégager vite fait, mais mon expérience m'a appris qu'en milieu hostile, il faut d'abord s'intéresser à eux avant de poser le regard sur les créatures. J'avais l'impression de me retrouver devant le champ de tournesols, objet de toutes les attentions.

– Salut ! j'ai dit.

Sobre entrée en matière, directe sans être apprêtée, intensément neutre, rétive aux interprétations crispées, un pur chef-d'œuvre.

– Salut ! ont répondu certains.

Dans un western spaghetti, j'aurais lissé à

deux doigts le bord de mon Stetson et, dans un silence de mort, plissé les yeux en fouillant d'un regard acéré les poches d'ombre du saloon jusqu'à ce que le piano mécanique reparte et que les joueurs de poker reprennent leur partie. Mais le rôle que j'avais décroché n'avait pas assez d'épaisseur, ou alors c'était un western soupe au chou. Les habitués se sont vite désintéressés de moi.

Pour me donner une contenance, je me suis donc passionné pour le vol d'une mouche qui bourdonnait au-dessus du flipper.

Je me doutais que les filles devaient se demander par quel miracle elles héritaient d'un aussi beau mec sans même avoir allumé un seul cierge la semaine précédente, mais elles avaient la pudeur de ne rien dévoiler de leur désir intense de m'aborder.

J'ai tourné un peu autour du baby, mon Coca à la main. C'était un Bonzini B60 standard, solide, classique, tout en hêtre verni, avec les poignées rondes. Le monnayeur attendait sa pièce de deux euros pour cracher ses balles en liège. J'ai laissé ma main courir sur les pions près du cendrier, une caresse d'approche, on apprivoise la bête, et je savais que ce geste ne tomberait pas dans l'œil d'un aveugle si d'aventure les amateurs rôdaient dans le périmètre.

And the winner is… Gaspard ! Ça n'avait pas traîné !

– Tu joues ?

Celui qui avait mordu à l'hameçon devait avoir une murène pour lointaine aïeule : anguilliforme, doté d'une large bouche garnie de dents soignées à l'instar de son animal totem, il ne devait sortir de son trou que tenaillé par la faim pour gober des cacahuètes salées et des sandwichs aux rillettes. Quelques expositions à la lumière du jour avaient marbré sa peau d'un bronzage délavé. Travaillé par l'acné, il perdait des écailles sur le front.

Sûr de lui, sûr de me mettre une tôle, ça crevait les yeux.

– Un peu, ai-je perfidement répondu.

Pourquoi perfidement ? Parce qu'il ne savait absolument pas sur qui il était tombé, le malheureux ! Le King de la gamelle qu'on m'appelait au bahut où, dans l'écrin d'un foyer pue-la-sueur, j'avais fait mon apprentissage et mes armes. Entre mes mains, les petits bonshommes en métal se transformaient en brochettes de Zidane. Il était question qu'un fan-club se monte au Japon, que des tee-shirts à mon effigie soient commercialisés au cours de la prochaine coupe du monde ! C'est dire qu'il m'avait fallu une grande force de caractère pour rester anonyme.

Ça avait marché impeccable puisque, jusqu'à présent, personne ne m'avait jamais reconnu nulle part. En l'occurrence, cette transparence de circonstance servait mes desseins.

L'homme-murène s'est levé sous le regard complice du mastodonte qui se tenait près de lui, roux, cheveux courts et frisés, avec des yeux tellement enfoncés dans les orbites qu'il aurait pu supprimer la visière de sa casquette s'il en avait porté une, puis il s'est avancé en me tendant une nageoire que j'ai serrée volontiers.

– Moi, c'est Thomas.

– Gaspard.

Les dialogues sont toujours très mal payés, alors on ne s'est pas fatigués. Il a plongé sa main dans sa poche, mais je l'ai arrêté d'un geste en faisant surgir une pièce au creux de la mienne, vif comme l'éclair.

– C'est moi qui régale, ai-je déclaré.

Normal, je n'étais pas sur mon terrain. J'ai introduit les deux euros dans le monnayeur, tiré la bobinette et les boules ont chu. Au roulement caractéristique, l'air s'est chargé d'électricité et les conversations ont baissé d'un ton.

Le réalisateur du western m'a offert une seconde chance. Un air d'harmonica a envahi la pièce. Mon adversaire s'est mis en position, assuré du soutien d'un public acquis à sa cause. Thomas devait être l'as du coin, une vraie vedette, et, à peine débarqué, un mystérieux pied tendre couvert de poussière relevait le défi sur ses terres. Ouaip ! Il allait déguster, l'étranger ! Dans un effort surhumain, j'ai maintenu à distance de mes lèvres le petit sourire en coin qui brûlait de s'y poser et décidé de n'utiliser contre mon adversaire qu'une maigre partie de mon talent afin d'atténuer l'horreur du massacre qui l'attendait.

Tandis que je faisais coulisser les barres pour en vérifier la rectitude, j'ai balayé du regard l'assemblée et vite repéré des créatures de rêve. Tout à l'heure, auréolé d'une gloire neuve, je m'attarderais sur leur physique et déciderais de celle que j'autoriserais à tomber dingue de moi. Concentrons-nous.

Thomas m'a interpellé :

– On se met d'accord ? L'engagement contre le bois puis touche-touche aux barres des demis ?

– D'accord.

– Les pissettes ?

– Interdit.

– O.K.

– En cas de râteau on *rewind* ?

– Correct. Bien sûr, pour les reprises…

– On démarre mains sur les cannes.

– Bien. En dégagement arrière, pas de bougeage des demis.

– Ça va sans dire.

– Les gamelles, tu les comptes à combien ?

– Moins un à la défense.

– Nous, on compte plus un à l'attaque, mais va pour moins un. Et enfin, les pêches sont autorisées, mais à chaque main au tapis, c'est moins un sans discuter.

– Pas de problème.

– Alors on peut y aller ! Honneur au payeur !

Je me suis penché et j'ai saisi la première balle. Je l'ai portée à ma bouche et l'ai embrassée, c'est un rituel auquel je ne déroge jamais. Elle sentait bon le liège martyrisé et la victoire au bout de la canne. Mes paupières se sont plissées, filtrant la lumière ambiante, j'ai senti que la sueur poissait le front des spectateurs qui imperceptiblement s'étaient rapprochés en large cercle autour de l'aire de combat, les mâchoires broyaient des dents, les peaux devenaient électriques, l'insupportable tension menait chacun au point de rupture… Il était temps de lancer le coup d'envoi.

Je me suis dit assez joué, autant en finir vite.

J'ai jeté la balle.

Thomas m'a présenté à nouveau sa nageoire. J'ai remarqué que, pendant la partie, des doigts avaient poussé. Il a esquissé une moue compréhensive en lâchant :

– Merci. Tu te défends pas mal, dis donc !

Hébété, j'ai secoué la chose molle et visqueuse

qui, pour moitié, m'avait infligé un 11-3 en première manche, et un 11-5 en revanche.

– Tu passeras quand même au contrôle antidopage tout à l'heure, ai-je rétorqué en soulignant chaque mot d'une sorte de rictus de paralysé.

Il s'est marré. Il fallait que je trouve un coin tranquille pour visser le silencieux sur mon .357 Magnum avant qu'il sorte d'ici.

– Ça va ? a-t-il insisté.

Je me sentais pâle, en état de choc. La partie défilait à l'envers dans mon crâne lapidé par les buts encaissés.

– Tu sais, on joue souvent ici. Les distractions sont rares.

– Pas possible ! C'est pourtant un Village Vert de Vacances !

– Ce qui signifie qu'on est en vacances dans un village au vert, pas plus. T'es de passage ?

– Je suis en réparation. Enfin, la bagnole de mon père a absolument tenu à se faire gratter le châssis par le garagiste d'ici.

– Pichon ?

– Du garage Pichon, oui.

– Tiens, sa fille est là, Sophie. Sophie !

Une fille m'a adressé un petit signe de la main avant de reprendre sa discussion avec une brune pulpeuse.

– Vous êtes tous du coin ?

Passé le choc de la déroute, je récupérais peu

à peu l'usage d'un langage articulé en même temps que mes esprits. Heureusement, car j'avais failli demander : « Vous êtes tous de la Plouc Academy ? »

– Non. Moitié des gens du village, moitié des estivants. Des réguliers.

– C'est chouette.

– On se connaît depuis une paye. Tu as Josepha, Vitas, Maud, Marco, Sophie, Bastien, Peter et sa sœur Nelly.

Son index a appuyé les présentations en rafale. J'ai noté que le gros, le garde du corps, se prénommait Bastien. Vu que ça commence comme « baston », j'ai noté dans mon calepin intérieur d'éviter toute vanne foireuse en sa présence.

Je luttais intérieurement pour ne pas trouver Thomas sympathique. Il ne faut jamais sympathiser avec ceux qu'on a prévu de flinguer.

– Et la panne, elle va durer longtemps ?

– Tant qu'il y aura des chambres vides au Lion d'Or, à mon avis. C'est un travail d'équipe.

– Comment ça ?

– Je blaguais. Normalement, deux jours.

Il a semblé réfléchir.

– T'es là ce soir, alors ?

– Oui.

– On fait un barbecue chez les Townsend, Peter et Nelly. Tu veux venir ?

– Faut d'abord que je regarde ce qu'il y a à

la télé. Si c'est *Joséphine, ange gardien*, je vais devoir décliner l'invitation.

Son front s'est agrandi, laissant apparaître un tableau lumineux où clignotait « Je ne comprends pas » en lettres colorées. J'ai enchaîné :

– Laisse tomber, c'est sympa, je veux bien.

– Alors on se retrouve à dix-neuf heures à la fontaine. Tu vois où elle est ?

– Entre l'opéra et le champ de courses ?

– C'est ça, a-t-il grimacé, sur la défensive.

J'avais intérêt à mettre la pédale douce sur les vannes, sous peine de finir empaillé derrière le comptoir d'Antoine.

J'ai pris congé de la troupe. Au passage, le tatoué a agité son torchon en me disant à la prochaine.

J'ai battu une minute le pavé devant l'estaminet. Avant de m'éloigner, je me suis retourné et j'ai cherché l'endroit où les élus locaux accrocheraient la plaque commémorative.

Ici, Gaspard Corbin a perdu
une partie de baby.
Passant, souviens-toi.

S'ils envoient des invitations à mon bahut, il y aura du monde à l'inauguration !

Les traîtres sont parmi nous

En poussant la porte du Lion d'Or, j'avais entrepris d'enfermer la partie de baby dans un des cachots moisis de mon cerveau, section « mauvais souvenirs ». Maman était assise à une table où l'on avait dressé trois couverts sur une nappe à carreaux. D'autres convives étaient disséminés, certainement des inspecteurs du Gault et Millau bossant sur le numéro spécial carottes râpées. À mon arrivée, elle a levé la tête.

– Bonjour, Gaspard. Oh ! T'as l'air contrarié… Ta promenade s'est bien passée ? Tu as rencontré d'autres jeunes ?

Qui ? Moi ? J'aurais rencontré des jeunes ? C'est quoi des jeunes ?

– Oui.

– Et alors ?

– Je suis invité ce soir à un barbecue.

– C'est bien.

– Et vous ?

– Oh, nous avons marché au hasard, c'est un village vraiment charmant.

– Où est passé papa ?

D'un mouvement de tête, elle a désigné le fond de la salle.

– Devine.

– En cuisine ?

– Eh oui !

Je me suis levé et dirigé vers l'endroit secret où Henriette Thénardier devait, dans un décor subtil d'éprouvettes et de bec Bunsen, concocter ses légendaires œufs mayo et son non moins mythique rôti de porc lentilles. Je n'ai pas eu le temps d'approcher le laboratoire, la magicienne en sortait accompagnée de papa portant, comme elle, deux assiettes fumantes.

– Quand vous avez haché le basilic, le persil, les pignons et les anchois, vous ajoutez l'huile d'olive, un soupçon de ricotta, vous salez et vous poivrez.

À ma hauteur, sans même noter ma présence, ils ont continué :

– Et les fleurs de pâte à beignet ?

– On les badigeonne au pinceau avant de les faire frire. Puis hop ! on pose sur du papier absorbant et on sert chaud ! Surtout, chaud, Henriette !

J'ai regardé le duo servir la table du fond. Papa a échangé deux mots avec les clients, j'ai noté qu'il avait un tablier autour de sa taille. Il l'a dénoué et l'a rendu à la patronne avant de rejoindre notre table où je suis retourné m'asseoir.

– Ah, Gaspard ! a dit papa, tu étais là ?

– Oui.

– J'expliquais à Henriette ma recette de beignets de fleurs de courgette.

– J'ai entendu. Mais l'appartement de Paris, on peut le vendre vite ? Parce que pour s'installer ici, va falloir une mise de fonds.

– Nous n'en sommes pas là. Je discutais.

– Et ton auberge, elle s'appellera comment ? Au Tigre d'Or ? Au Lion de Bronze ? À la Girafe en Fonte ?

– Si tu voulais bien, ne serait-ce que quelques minutes, cesser d'ironiser, tu verrais que cette étape forcée ne réserve pas que de mauvaises surprises.

Il avait raison, il n'avait pas encore plu.

– Plus vite on sera à Saint-Raphaël, mieux ça vaudra, ai-je dit en haussant les épaules.

De prononcer le nom de notre destination initiale m'a remis quelques inquiétudes en tête. J'ai extrait mon portable de la poche de mon jean et je suis sorti du restau pour être tranquille. Mon interlocuteur a répondu à la troisième sonnerie.

En me rasseyant quelques minutes plus tard, j'ai passé en revue tous les scénarios que m'avait inspirés ce coup de téléphone avec Tony en fil rouge.

Il y a eu :

1. Tony les pieds coulés dans un bloc de béton au fond du port de plaisance.
2. Tony enterré jusqu'au cou sur le trajet d'une colonie de fourmis rouges.
3. Tony ligoté sur les rails à l'approche du TGV Méditerranée.
4. Tony, un bandeau sur les yeux, debout, larmoyant, devant un peloton d'exécution l'arme à l'épaule.

Dans chacun de ces courts-métrages, j'apparaissais. Oh ! un petit rôle, mais pas déplaisant.

1. Assis au bord du quai, je dégustais une glace à la fraise en regardant le haut de son crâne creuser un trou dans l'eau.
2. Je lui remplissais les trous de nez de confiture de mirabelles.
3. Dans la cabine du conducteur, j'abandonnais un instant l'observation des voies en feuilletant un *Télé Z.*
4. J'avais une casquette sur la tête, un uniforme, je levais un sabre puis l'abaissais en criant : « Feu ! »

Ce que je craignais était arrivé. Sandrine avait essayé sans tarder d'atténuer dans les bras de Tony le traître l'atroce souffrance qu'avait provoquée mon retard. Et ils roucoulaient comme deux pigeons en rut sous un soleil de plomb.

« Tu verrais, elle est encore plus canon que

l'année dernière ! » avait-il cru bon de préciser, avant d'affirmer, en faux jeton qu'il est, qu'elle lui avait carrément sauté dessus et autre baratin.

J'allais leur envoyer Bastien. J'étais sûr que, pour vingt euros, il les supprimerait tous les deux.

Ça n'avait pas traîné, le changement de cavalier en bord de plage.

J'ai ressassé mon amertume en mastiquant les beignets aux courgettes ; le mélange n'était pas génial. Non que j'étais spécialement attaché à Sandrine mais, pour le principe, je me suis fabriqué un vague à l'âme sur mesure.

Ça m'a alors frappé comme une triste évidence. Je n'avais pas inspiré à Sandrine d'attachement profond ni durable.

Comme personne ne m'avait encore inspiré d'attachement profond ni durable.

– Ça va, Sandrine ? m'a demandé ma mère en accompagnant cette innocente question d'un sourire mutin.

La bouchée de beignet que j'avalais a failli emprunter un itinéraire de délestage. Je l'ai fusillée du regard.

– Merveilleusement bien. Je crois que nous devons tous cesser de nous faire du souci pour elle.

Elle a compris que le sujet était devenu miné (le sixième sens féminin) et je lui ai été reconnaissant d'embrayer la discussion sur celui, si captivant et à mon avis trop fréquemment écarté des grands débats nationaux, des mérites croisés de la courgette et de l'aubergine dans la cuisine moderne.

Après le déjeuner, j'ai souhaité remonter dans ma suite. J'avais raté les sept cent cinquante-quatre derniers épisodes de *Plus belle la vie* et j'avais besoin de raccrocher les wagons.

Et puis, il fallait que je me prépare pour la grande soirée, la barbecue-party sur sol britannique : brushing, peeling, douching, coiffing, essaying de smoking, tous ces trucs qui allaient me rendre irrésistible et permettre à mon cœur meurtri de battre le rappel des grands sentiments et, qui sait ? de voir apparaître, dans la fumée des merguez qui crament, la future mère de mes enfants.

En gravissant les escaliers, je me suis souvenu d'une chose : je n'avais pas toute la vie devant moi ! Pour laver l'affront commis par Sandrine et ce coyote de Tony, je ne disposais que d'une seule soirée chrono ! Je devais tout miser sur la Barbecue Night Fever ! Dans vingt-quatre heures, ne reprendrions-nous pas la route ?

Soit ! Je devais soigner les détails. Et d'abord, ne pas arriver les mains vides.

Je me devais d'être original, histoire de marquer d'entrée les esprits. Donc chercher dans le village un commerçant qui vende autre chose que des canevas de chasse à courre.

Et gaffe aux gaffes !

Journal (extrait)

Les années se succèdent sans que rien ne change. À croire que nous tournons sur un manège qui nous ramène encore et encore aux mêmes endroits, aux mêmes personnes, et nous conduit à reproduire les mêmes attitudes, à prononcer les mêmes paroles en étant juste un peu plus vieux.

Les amis sont là, nous nous sommes réunis chez Antoine ; les garçons se sont rués sur le billard et nous, les filles, nous sommes raconté notre année. J'ai aimé ces retrouvailles, il y a quelque chose de rassurant à constater la présence de ces balises.

Mais j'attends de vivre autrement, plus fort, chaque matin, j'attends que le jour qui se lève me change, fasse de moi quelqu'un de nouveau, au point qu'on ne puisse me reconnaître.

Une seule variation dans le tableau aujourd'hui, l'arrivée de ce garçon, Gaspard. En entendant son prénom, j'ai repensé à un livre lu il y a deux ans, je crois, Gaspard des montagnes.

J'ai oublié l'histoire, mais pas le personnage. Le Gaspard du livre était fier, courageux, farouche, volontaire. Notre visiteur aurait eu du mal à tenir le rôle au cinéma. Il s'est rué sur un baby-foot. Les garçons sont incorrigibles, il faut qu'ils se mesurent, s'affrontent pour s'apprivoiser. Thomas l'a battu, et l'autre n'a pas semblé apprécier. Je le retrouverai tout à l'heure. C'est bien. Il y a quelque chose en lui qui m'attire, une sorte de maladresse rentrée. On ne peut pas se donner autant de mal pour paraître à l'aise quand on l'est vraiment.

Ce soir, je verrai s'il est un héros de roman.

Cela dit, héros ou pas, il est de passage. La voiture de ses parents est tombée en panne. Il repart demain, ou après-demain.

S'il n'est pas un héros de roman, ce ne sera pas grave.

Frédéric arrivera cette semaine. Est-il aussi beau que l'an dernier?

Grillades de marrons

Je ne me suis pas trompé de lieu de rendez-vous. On m'attendait. Enfin, j'ai fait en sorte de le croire. À la manière d'une goutte d'huile dans un verre d'eau, je me suis intégré au groupe. Avec Thomas, nous avons repris les dialogues du téléfilm en tournage (– Ça va ? – Oui, ça va. – Bien.), puis j'ai approché les filles avec tact, je les ai butinées d'un vol léger, sous le regard méfiant des bourdons de garde.

Le hasard seul m'a calé dans le sillage de Josepha, une brune aux cheveux raides qu'on pourrait qualifier, sans exagérer, de bombe atomique. Il a même fallu que j'appuie très fort les paumes de mes mains sur mes yeux pour les empêcher de jaillir de mes orbites. Ses mensurations devaient servir d'étalon aux agences de mannequins. Finement, j'ai attendu qu'elle m'adresse la parole.

J'ai attendu.

J'attends encore.

Je me suis juré de revenir en deuxième semaine.

J'ai profité du trajet pour les observer. Il régnait parmi eux une complicité évidente. Les binômes se créaient au gré de brèves discussions puis se réorganisaient très vite. Seuls Thomas et Vitas évoquaient des siamois qu'une récente intervention venait de séparer. La fille du garagiste, Sophie, est venue échanger quelques propos badins avec moi. Elle tenait à me convaincre que son père était une pointure dans son genre (dans quel genre, Sophie ? Le genre je répare à coups de masse ?). Le rire de cristal que j'avais entendu en pénétrant au Rendez-vous des amis était celui de Maud, coupe au carré et yeux effervescents, dont la silhouette, que j'avais l'opportunité d'étudier, était facteur de risque d'infarctus. Manifestement, aucun couple n'était formé. J'avais carte blanche.

La maison des Townsend n'était pas petite, mais un peu dans la prairie. Un bâtiment principal prolongé par une terrasse imposante barrait l'horizon d'un jardin où l'on aurait pu sans problème élever un troupeau de bisons. On aurait même pu prendre l'apéro sur la terrasse sans qu'une charge desdits bisons fasse s'entrechoquer les glaçons. Derrière, invisible du chemin, ils avaient creusé une piscine juste assez grande pour que les Canadair puissent s'y ravitailler en cas d'incendie. Légèrement à l'écart, un autre bâtiment servait d'atelier au patriarche. Il préparait là les vitraux dont il s'était fait une spécialité. L'artiste partageait son temps entre la Grande-Bretagne et son pied-à-terre bourguignon. Pour fourguer ses œuvres, il préférait, aux églises, les salles de bains et salons de clients férus de déco originale. Dans sa partie, c'était un bon (je le prenais quand il voulait au baby).

J'avais glané ces précieux renseignements auprès de Maud qui s'était improvisée maîtresse de maison. J'aurais préféré que Josepha remplisse ce rôle, mais elle était trop occupée à m'éviter, tétanisée par l'idée que j'allais bouleverser son existence.

En fait, la sauterie ne réunissait pas que des jeunes. Les parents y avaient aussi été de leurs invitations, et plusieurs générations se côtoyaient devant la marmite de punch. C'est donc à Mme Townsend mère que j'ai tendu les deux paquets de chips que j'avais achetés à la supérette Coccinelle. Les fleurs, c'est d'un commun ! Elle les a acceptés avec une petite moue qui n'a pas échappé à mon œil de lynx.

– Tu as remarqué son expression ? ai-je glissé à l'oreille de Maud. Aurais-je commis une boulette ?

– Elle mange bio.

– Ah ! Heureusement, j'ai choisi des chips cueillies à la main les soirs de pleine lune par Nicolas Hulot en personne.

Ce que j'avais omis de préciser, c'est que je m'étais vautré à la sortie de la supérette et que j'avais amorti le choc en m'étalant sur les sachets. Si les Townsend en élevaient, leurs poules allaient se régaler.

Maud m'a abandonné, cédant à l'appel du large. J'ai donc erré sur la pelouse, non sans avoir rempli mon gobelet en plastique de punch décontractant. J'avais tracé quelques huit sur le tapis vert et j'attaquais une série de W quand j'ai croisé le père Townsend, reconnaissable à sa mine chiffonnée, son accent britannique et aux coupures sur ses mains. Avec sa barbe de deux jours et ses cheveux hirsutes (il dormait dans une cage de Faraday ou quoi ?), il faisait un peu peur. Nous nous sommes salués.

Ayant pris le rythme, j'ai salué d'autres personnes, un discret coup de tête par-ci, un autre par-là, au point de ressembler à ces petits chiens sur la plage arrière des voitures.

Pour sortir de l'anonymat qui commençait à me rendre parfaitement soluble dans le paysage, j'ai eu envie de me rendre utile (donc séduisant). Devant l'atelier montait une fumée blanche près de laquelle j'ai reconnu Thomas. De loin, il ressemblait à Jacques de Molay. Je me suis dirigé droit vers le brasier, plein de bonnes résolutions.

Les Anglais avaient installé deux barbecues en batterie. Posées sur des grilles rissolaient des saucisses et des merguez d'un côté, des brochettes de l'autre.

– Je peux filer un coup de main ?

C'est Bastien qui m'a entendu. Il a plissé son cou de taureau de manière à me placer dans son axe de vision et a barri ces quelques mots frappés au coin du bon sens :

– Fais attention, c'est chaud.

Ah bon ? Des braises, c'est chaud ? Quand je pense que personne ne m'avait jamais rien dit à ce sujet !

– Pas de problème, à la fête de fin d'année du bahut, c'est toujours moi l'assistant du fakir !

Ses années de stage chez les yogis de Calcutta avaient porté leurs fruits, il a réussi à éclater de rire sans bouger un centimètre carré de visage.

J'ai avancé jusqu'au lit de braises. Dans un léger grésillement, j'ai senti mes sourcils partir en fumée et j'ai reculé le torse. Thomas s'est placé de l'autre côté du barbecue. J'ai eu un flash, et une pulsion irrépressible. J'ai croisé son regard en lançant :

– Ça te dit une revanche ?

Et j'ai empoigné les deux premières brochettes

comme les poignées d'un baby de l'enfer pour mimer le tir de la mort qui tue.

C'était chaud (vous auriez pu me prévenir, les gars !). Très chaud. Archichaud. J'ai jugé utile de crier. Et préférable de lâcher les brochettes avant d'y laisser l'intégralité de mes paumes.

Quand je dis « lâcher », cela pourrait laisser croire qu'il y avait encore un semblant de maîtrise dans mes gestes. Pour être plus précis, j'ai balancé devant moi tout le bazar, ce qui inclut la grille et les brochettes qui ne m'avaient pas brûlé. Les flammèches qui couvaient sous les braises ont dévoré la graisse transpirant de la viande pour se transformer en flammes dignes de ce nom tandis que je secouais mes mains en soufflant dessus, au risque d'en perdre toute dignité.

Finalement, mes mains s'en étaient mieux sorties que les brochettes qu'on aurait facilement pu confondre avec le charbon de bois supposé les dorer. La mère Townsend, par l'odeur de brûlé alléchée, y a été de sa moue contrariée, légèrement différente de la moue dégoûtée, j'ai apprécié la nuance.

– Excusez-moi ! ai-je lancé, contrit.

– Ce n'est lien, june hôme, a-t-elle baragouiné en contemplant ses brochettes carbonisées comme s'il s'agissait du corps de son caniche écrasé par un camion.

J'avais deux moignons noircis en guise

d'avant-bras et une carrière internationale de champion de baby en charpie, elle pleurait trois carrés de bœuf et un morceau d'oignon décédés. Cette femme n'avait pas de cœur.

– C'est bon, a ajouté Thomas, merci, on s'occupe du reste.

Sa proposition a fait l'unanimité dans l'entourage. Devant un tel fiasco, j'ai sérieusement envisagé de rentrer au Lion d'Or, c'est dire. L'arrivée inopinée de Josepha m'a mis sous tente à oxygène.

– Tu ne t'es pas fait mal ?

– Je ne sens plus rien.

– Bien.

– Je veux dire que je ne sens plus mes mains.

Elle a souri.

Oui, elle a souri. Première victoire ! Je n'oubliais pas pour autant le vieil adage : « Fille qui rit va te faire un mimi dans la demi-heure qui suit ! » (Qui, déformé par leur affreux patois, se disait du côté de Saint-Raphaël : « Fille qui rit va sauter sur Tony dès que tu seras parti. »)

– Si on buvait quelque chose pour te remonter ? a-t-elle proposé.

– Un petit punch me ferait du bien.

Elle en a servi deux et nous nous sommes écartés de la populace pour nous poser dans l'herbe.

J'en ai profité pour la questionner. D'où tu viens ? Où tu vas ? Qu'est-ce que tu aimes ?

Tu es là pour longtemps ? As-tu déjà mangé du rutabaga ? Dans toutes ces questions, as-tu trouvé l'intrus ? J'ai ainsi appris qu'elle habitait Dijon et que ses parents possédaient ici une maison de famille dans laquelle ils passaient une partie de leurs vacances.

– Mi-juillet, nous partons dans le Sud.

– Ah bon ? Où ça ?

– À Saint-Raphaël. Tu connais ?

J'ai rougi, blêmi, verdi, noirci et j'ai fini mon punch cul sec avant de répliquer :

– Y a intérêt ! C'était notre destination, avant de tomber en rade sur l'autoroute !

– C'est marrant.

Non, ce n'était pas marrant, c'était un coup de bol inouï ! J'allais finir par bénir notre incident de parcours ! Nos destins étaient liés ! Avant de lui filer rencard sur la plage du Veillat, devant chez Pepe, à la seconde de son arrivée dans le Var, j'ai continué l'entretien en roue libre, imperturbable.

– Et tu ne t'ennuies pas dans ce trou ?

J'ai noté chez elle un mouvement de recul qui m'a fait regretter le choix de mon vocabulaire.

– J'adore y venir, j'ai plein d'amis, et contrairement à ce que tu crois, les occupations ne manquent pas ici.

Faire des moulages d'empreintes de marcassin, compter les Peugeot qui traversent le bourg, je voyais très bien, oui. Mais, silence et discrétion, Don Juan approchait la biche aux abois.

Elle était vraiment belle, j'avais eu le temps de l'observer depuis le début de notre conversation. À la réflexion, j'adorais cette soirée barbecue.

– En ce moment, il y a des tas de fêtes aux alentours, a continué Josepha. Le week-end prochain, par exemple, le village organise une feria.

– Une feria ? Tu veux dire avec les taureaux et tout ?

– Des taureaux, peut-être pas, mais des vachettes, sûrement. C'est un Basque qui organise. Il fait monter des bêtes de sa région et va les lâcher dans les rues.

Les gens feraient décidément n'importe quoi pour passer au *Grand Bêtisier*.

– C'est un prof de Bayonne, très sympa, a-t-elle ajouté.

– Un prof ? Très sympa ? Pour moi, les profs sympas sont les profs morts. Je les fuis comme la peste.

J'ai connu une année difficile au bahut. On dit que je la ramène trop. N'importe quoi !

Elle a pris un air pincé, s'est levée avec une lenteur gracieuse et m'a toisé comme si elle était Mme Townsend et moi un morceau de barbaque carbonisé enfilé sur une pique rouillée.

– Mon père est prof de bio. Je m'éloigne parce qu'il m'a sans doute contaminée.

Ce qu'elle a fait sans tarder. J'ai bien essayé de ramer en arrière…

– Josepha, ce n'est pas ce que j'ai voulu dire, attends !

… Mais ramer en arrière, c'est toujours ramer.

J'avais bien besoin d'un autre petit punch, moi. Pour fêter ça.

Qui donc, quelque part dans le monde, dans la moiteur oppressante d'une case en terre battue, avait confectionné une poupée à mon image et s'ingéniait à y enfoncer de longues aiguilles en psalmodiant des prières vaudou ? Qui était l'adepte de magie noire ? Qu'il parle maintenant ou se taise à jamais !

J'ai pris la direction du bar où piétinaient Sophie, Vitas et Marco.

Maud discutait avec Thomas sur la terrasse tandis que Bastien devait probablement enterrer un invité dans un coin reculé du jardin car je ne l'avais plus aperçu depuis la projection, en drive-in, de *L'Invasion des brochettes volantes*.

On a échangé quelques propos avec Marco. Je me suis un peu lâché sur le Lion d'Or, la chambre 31. D'une voix glaciale, il m'a appris que les papiers peints avaient été posés par son frère Armand.

Armand Bossuet

Peinture
Pose de papier peint
Réfection d'appartement
Spécialiste des lais de travers

PETITS PRIX
TRAVAIL POURRI GARANTI !

Je pourrais avoir un autre petit punch siou plaît ?

J'étais parvenu à un stade où tout m'était devenu indifférent.

Je ne sais plus comment, je me suis retrouvé à discuter avec Sophie. Je l'ai branchée sur leur bande d'amis, vous vous entendez bien ? Certains d'entre vous ont-ils des affinités particulières ? Etc.

Les mots avaient un peu de mal à sortir de ma bouche, ils me collaient au palais à cause du punch qui était bien chargé en rhum. Et paf, je me suis souvenu de Bastien ! D'où ma question :

– Et lui, il fait quoi à part des concours de lancer de troncs ?

– Qui ? a demandé Sophie, qui multipliait

les efforts pour décompresser mes phrases fichiers.

J'ai gonflé ma poitrine, écarté les bras, avancé la mâchoire.

– Ben, Shrek !

Une main de gorille m'a tapoté l'épaule. J'ai fait volte-face.

– C'est moi que t'appelles Shrek ?

Je me suis retrouvé devant une paroi abrupte avec des boutons et, sur un côté, un crocodile cousu de cinquante centimètres de long. La voix descendait du sommet. J'ai entendu Sophie dire :

– Bastien, laisse…

Faut croire que Bastien n'avait pas envie de laisser parce que j'ai reçu une claque. Ou une gifle. Ou une baffe. Ou le modèle trois en un.

J'avais préféré quand sa main me tapotait l'épaule.

L'onde de choc s'est répercutée à l'intérieur de mon crâne et a réveillé l'essaim d'abeilles qu'il abritait.

J'avais connu des jours meilleurs. Le plus sage aurait été de rentrer, d'intégrer un monastère et de dire adieu à ce monde où régnaient sans partage la violence et l'incompréhension.

Sophie m'a récupéré sur l'herbe, rejointe par Maud et Vitas, que je n'avais pas encore eu le plaisir de vexer (je gardais espoir, la soirée n'était pas terminée).

– Il n'est pas méchant, tu sais.

Et quand il est méchant, ça donne quoi, Sophie ?

Y avait-il quelqu'un qui ait un chouïa le sens de l'humour dans le coin ?

J'ai sorti mon passeport diplomatique.

– Je n'ai pas été très fin, ai-je concédé. Mettez ce dérapage sur le compte du punch. D'ailleurs, je ferais mieux de manger un morceau…

On m'a relevé, on m'a collé une assiette en carton remplie de salade de pommes de terre et de saucisses molles et j'ai avalé pour éponger le punch (je vais proposer « épuncher » à neologismes.com). Sans doute un peu tard, car les événements se sont accélérés et, sous les effets conjugués du rhum caché dans le jus d'orange et d'une certaine confusion mentale, j'ai perdu la notion du temps. J'ai remarqué un mouvement vers la piscine, j'ai suivi ; la bande du Rendez-vous des amis s'est déshabillée, tout le monde en maillot et dans la flotte en rigolant.

J'ai voulu faire de même, sauf que le maillot, je n'avais pas prévu. Je me suis retrouvé en caleçon (celui avec les Mickey), debout sur le plongeoir, encouragé par la foule. J'ai sorti mon spécial, le saut de l'ange mazouté et j'ai fendu l'eau sans produire d'éclaboussures excessives pour réapparaître à la surface, sous les applaudissements, quelques secondes avant mon caleçon qui s'était désolidarisé.

À poil.

Une fois convaincu que je ne pouvais davantage dégrader mon image, indigner mes hôtes et décevoir ceux qui avaient eu la faiblesse de m'inviter, je m'en suis retourné, l'esprit serein, envisageant sur le trajet les interventions chirurgicales qui seraient nécessaires à un remodelage complet de mon visage, aux papiers qu'il me faudrait établir pour m'enfuir en Amérique du Sud et au mot que je laisserais à mes pauvres parents qui vivaient là leurs dernières heures de repos avant que la honte de m'avoir mis au monde ne les oblige, eux aussi, à fuir la compagnie des hommes.

Ensuite, je me suis écroulé sur ma paillasse et bonne nuit à tous.

La deuche de ramassage scolaire

– Alors, cette soirée ? a susurré maman.

Bonne nouvelle, les flics n'étaient pas encore venus les voir. Bien, j'allais commencer par quoi ? Le passage à tabac ? La destruction de biens privés ? L'outrage aux bonnes mœurs ?

J'ai décidé d'éluder.

– Sympa.

Ma mère a échangé avec mon père un regard soulagé.

– Et vous ?

– Nous avons assisté à un concert dans l'église, figure-toi, a répondu papa. Des arias de Bach. Magnifique !

– Quel est ton programme du jour ? a demandé maman. Tu retrouves tes amis ?

J'allais surtout faire en sorte qu'ils ne puissent jamais me retrouver.

– Je ne sais pas encore. Pourquoi ?

– Nous allons certainement nous rendre à Saint-Andelet. Il y a une brocante, paraît-il.

WANTED
GASPARD CORBIN
alias la Brochette
MORT ou VIF !
16 ANS, BRUN, YEUX VERTS
L'AIR EXCESSIVEMENT INTELLIGENT,
SIGNES DISTINCTIFS : PERD SOUVENT SON CALEÇON MICKEY
ATTENTION
L'INDIVIDU PEUT SE MONTRER DANGEREUX !
RÉCOMPENSE 10 000 €
(12 000 AVEC SON SLIP)

J'ai sursauté, l'espoir baignant mon âme de son aura lumineuse.

– Mais comment ? La voiture est prête ?

– Tu sais bien que non, a rétorqué papa. Demain, au mieux, nous a annoncé le garagiste. Henriette a gentiment proposé de nous accompagner. C'est son jour de congé.

La Thénardier ?

Mes parents avaient l'air plus doués que moi pour tisser des liens avec les indigènes.

– Ensuite, elle vient avec nous à Saint-Raphaël ?

Papa a haussé les épaules en esquissant un sourire.

– Alors ?

J'ai compris qu'ils attendaient que j'annonce mon programme. Les brocantes, en général, je ne suis pas contre. Des mangas à deux euros, des BD au poids, je reviens rarement bredouille, même si, rapidement, la vision des millions d'assiettes ébréchées, des peluches pelées, des vinyles poussiéreux, des collections de jouets Polly Pocket, cet immense foutoir à ciel ouvert finit par me tourner la tête. Sans compter l'odeur des baraques à frites et les stands de saucisses.

Les saucisses, j'avais ma dose.

– Allez-y sans moi.

– Comme tu voudras.

Nous avons fini de déjeuner, puis nous

sommes remontés dans nos chambres respectives. Le départ pour Saint-Andelet n'étant prévu qu'en début d'après-midi, papa, en mal d'humiliation, est venu me proposer un tennis. Le terrain était accessible à pied. Comme Bastien avait plutôt le profil du catcheur (le Bourreau de Fonlindrey), et qu'il y avait peu de risques que je le croise sur un court, j'ai accepté.

On a enfilé nos shorts et on s'est rendus en un quart d'heure à peine sur un terrain désert dont la porte d'entrée grillagée béait à notre arrivée. Il y avait bien un tableau de réservations, mais nul badge ne pendait aux crochets prévus. Le rêve !

Je lui ai mis deux sets secs dans la vue, ce qui a grandement contribué à me remonter le moral. C'était une belle journée, le soleil brûlant faisait fondre le quick et nous avons dû nous replier pour des raisons de sécurité.

Après la douche de rigueur (il a fallu que je creuse une fosse dans le jardin derrière l'hôtel pour enterrer mes chaussettes après les avoir arrosées de chaux vive), nous avons déjeuné, un œil sur le chrono. Papa a quand même trouvé le temps d'entreprendre Henriette sur les mérites qu'il y a à réveiller le goût du cari d'agneau avec une pointe de curcuma.

Un petit café et en voiture les quinquas ! La chasse à la chaise trouée était ouverte !

Je me suis donc retrouvé seul.

Aller rôder du côté du Rendez-vous des amis me tentait moyen. Et si je le rebaptisais Le Q.G. des ennemis ? Que pouvait-on raconter sur moi depuis le festival de la veille ? Les filles devaient glousser à perdre haleine, j'étais prêt à le parier. Mon sex-appeal en avait pris un sérieux coup.

En retrouvant Thomas et consorts la veille, j'avais repéré un autre bistrot que celui d'Antoine le Tatoué, avec une chouette terrasse ombragée qui donnait sur la fontaine. J'ai décidé d'aller m'y installer pour bouquiner (*Des fleurs pour Algernon*, l'histoire d'un idiot qui devient intelligent, exactement le contraire de moi !).

En rasant les murs tel le taulard en cavale, j'ai investi l'endroit, fermement décidé à me planquer sous une pierre si jamais un visage connu venait à croiser mon chemin. J'ai choisi une table dans un coin. Bastien ne pourrait pas me cueillir par surprise, à moins de descendre en rappel du toit de la grange contre laquelle je m'étais appuyé. J'ai commandé une menthe à l'eau (ouah, Gaspard, tu repousses sans cesse les limites de ton corps !) et j'ai ouvert mon livre, un œil sur les lignes, un autre sur la rue pour parer à toute apparition de l'ennemi.

J'ai lu. J'ai bu. Relu. Rebu. Ma vigilance s'est relâchée et l'ennemi, qui devait avoir posté des guetteurs derrière la vitrine de la bibliothèque, en a profité pour surgir et bloquer les itinéraires de repli dans un mouvement que n'aurait pas renié Napoléon. En d'autres termes, une 2 CV a pilé devant le bistrot, bourrée de passagers (Allô, le Guinness ? Nous sommes entrés à vingt-cinq dans une deuche, vous homologuez le record ?). Josepha, qui se tenait assise sur le dossier du siège arrière en compagnie de Vitas, a scanné la terrasse et m'a vite repéré.

– Gaspard ! a-t-elle appelé.

Où avais-je mis mes faux papiers, ma moustache synthétique et ma perruque blonde ? Activant le mode métamorphose instantanée, j'ai transformé mon visage en celui d'un touriste qui ne comprend pas le français.

– Gaspard !

Deuxième appel. Cette fois, elle y allait du mouvement de bras qui m'invitait à les rejoindre.

« Les passagers en partance pour un passage à tabac de Bastien sont priés de rejoindre la porte 2 de toute urgence, merci ! »

En m'approchant du véhicule, j'ai tenté d'identifier les occupants, surtout de repérer l'éventuelle présence de Shrek, le tueur à gages. Ô Dieu, je crois en toi, il n'était pas du nombre !

Aussitôt, j'ai retrouvé l'usage de mes poumons en préparant mentalement un discours-fleuve où j'allais exprimer des regrets poignants (je n'ai jamais connu mes vrais parents, j'ai été élevé dans une porcherie du Perche par une tante sadique, nourri au gras de rillettes jusqu'à l'âge de quinze ans, c'était la première fois hier qu'elle me laissait sortir de ma niche, etc.), et jurer mes grands dieux que je m'étais cousu à même la peau un maillot de bain qui résistait même aux plongeons dans l'eau bouillante, mais Josepha ne m'a pas laissé le temps de moufter.

– On va préparer la scène pour le concert de Vitas et Thomas, tu veux venir ?

– Avec plaisir.

Je vais me plier en deux, puis encore en deux, comme ça vous pourrez me glisser dans la boîte à gants.

Elle a capté mon regard circonspect. Si je comptais bien, sans moi, ils étaient déjà beaucoup trop : Peter au volant, Nelly à côté de lui, et derrière, en plus des deux concertistes, Maud et Josepha.

– Monte à l'arrière avec nous.

Vitas est descendu.

– Je passe devant, a-t-il décrété.

Ça ne résolvait pas le problème à l'arrière,

ça en créait juste un de plus à l'avant, mais j'ai remercié.

J'avais l'impression d'être devant une rame de métro à Tokyo et j'ai poussé. Pour Thomas, pas de problème, les murènes se logent dans n'importe quelle anfractuosité, mais j'ai eu peur de réduire Maud en bouillie.

– Pardon ! ai-je dit.

– À la guerre comme à la guerre, a-t-elle répondu en me réservant un sourire qui m'a grattouillé l'intérieur.

– Tout le monde est monté ? a demandé Nelly. Je vais prononcer quelques mots au hasard, et si vous les avez déjà entendus quelque part, vous appuyez sur le buzzer, d'accord ? Vous êtes prêts ? On y va !

Sécurité routière ?

Gendarmerie ?

Ceinture de sécurité ?

Airbag passager ?

Sur l'initiative de Peter, le chauffeur, on a démarré. La caisse a gîté de 45 degrés sur la droite, puis de 87 degrés sur la gauche. S'est ensuivie une série dégressive, 38 degrés droite, 74 degrés gauche, 24 degrés droite, etc., jusqu'à ce que le vaisseau se stabilise.

Trop tard, j'avais la gerbe.

J'ai immédiatement espéré que nous n'allions pas loin, je suis déjà malade en voiture, alors en balancelle !

La meilleure façon d'exprimer des regrets auprès de Peter et Nelly, qui se serrait contre Vitas, à l'avant, n'était pas de leur vomir dessus, j'en avais conscience.

Josepha a posé sa main sur mon épaule.

– T'allais pas rester tout seul comme un idiot, quand même ! Et puis on a besoin de bras.

Désolé, Josepha, pour me retourner, fallait que j'obtienne l'accord écrit des sardines qui partageaient ma boîte. Je n'ai pu que tordre la bouche pour lui répondre. Je devais ressembler à un accidenté de la route qui tente de boire à la paille avec une minerve.

– C'est quoi cette histoire de concert ?

– Thomas et Vitas jouent dans un groupe de rock, ils sont programmés à vingt et une heures pendant la fête d'Ancerfond.

– Eh, c'est la gloire, on dirait ! Comment s'appelle votre formation ?

– Les Thugs ! a annoncé Vitas.

– Et ils sont bons ! a ajouté Maud.

– J'en suis sûr. Moi aussi, je joue d'un instrument.

– Ah bon ? a-t-elle répondu. Laisse-moi deviner… Du wood-block, du sifflet ?

– Presque ! De la corne de bélier. Mais j'arrête, le solfège c'est trop dur. Et puis, faut faire venir le prof de Ouarzazate.

On s'est marrés et je me suis concentré sur la route pour combattre les effets du tangage.

Pas un mot sur hier soir, aucune remarque désagréable, de personne ! Je n'en revenais pas. J'étais dans une 2 CV remplie de saints patrons de la mansuétude.

J'ai goûté l'instant. Les jambes de Josepha s'imprimaient dans mon flanc gauche et j'avais une vue imprenable sur les genoux de Maud. Si j'étais mort sur-le-champ, j'aurais bien vécu.

Je me sentais quand même obligé de dire quelque chose. J'ai voulu m'approcher de Peter et Nelly, je me suis contenté, compte tenu des circonstances, d'allonger le cou en tortue Ninja.

– Excuse-*me* pour hier. *I have not* été *a great* invité !

L'anglais, il ne fallait pas que j'abuse car j'atteignais très vite mes limites. À chaque fois que je demandais : « Êtes-vous sûr ? » à quelqu'un, il comprenait : « Êtes-vous un yorkshire ? »

– Laisse tomber ! m'a lancé Peter, tu nous as bien fait rire avec ton plonge !

Si tout le monde avait pu se foutre de ma gueule, c'était le principal. Et, message compris, Peter parlait mieux le français que moi l'anglais. Dont acte.

– On arrive ! a déclaré Nelly.

Mort aux Fred!

La 2 CV s'est garée sur la place d'Ancerfond et on a giclé du véhicule comme les bulles d'une bouteille de Coca bien remuée. Village original, s'il en est. Une fontaine, un bistrot, le marchand de journaux, la pharmacie, la boucherie et le bureau de poste. Étions-nous revenus sur nos pas sans le savoir, droit vers Fonlindrey?

Que nenni, la place bourdonnait de monde car des attractions s'installaient, tir à la carabine ici, autos tamponneuses là, manège enchanté dans un coin avec son Pollux en débardeur qui occupait la cabine à tickets. Du bistrot a surgi un patron en chemise courte, avec deux auréoles de compétition sous les bras.

– Alors, les gars, qu'est-ce que vous foutez? La camionnette est arrivée il y a un bon moment déjà!

Non merci, on n'a pas soif.

Dix minutes plus tard, avec les autres, je déchargeais un Citroën Jumper du matériel utile à la constitution d'un rock-band digne de ce nom. Les filles charriaient du léger.

En échangeant pendant la manœuvre quelques paroles à travers le torrent de sueur qui s'écoulait de mon front, j'ai compris que Thomas était guitariste chanteur et Vitas batteur. D'ailleurs, les deux vedettes nous ont vite laissés jouer les *roadies* de base pour brancher leurs instruments.

Je craignais le pire. À Paris, des potes qui avaient monté un groupe nous avaient infligé un mémorable concert crincrin dans une cave, nous expliquant que ce qui comptait avant tout, c'était l'*énergie*. En gros, le public pouvait être satisfait s'il ressortait sourd de la salle. Les Franz Ferdinand n'étaient pas près de les appeler pour assurer leur première partie. Ou alors pour vendre des places aux guichets.

Qu'allait-il en être des Thugs ? De toute façon, j'avais pris la décision d'adorer. J'avais déjà trop de fois frôlé le goudron et les plumes. Ils m'offraient une seconde chance qui en avait de grandes d'être la dernière.

Quand le Jumper s'est retrouvé vide, nous nous sommes dirigés vers la terrasse du café. Le patron nous a apporté un plateau chargé de panachés et de Vittel fraise sur lesquels nous nous sommes rués.

Nos corps se sont regonflés comme des éponges dans un seau.

Il faisait bon. Josepha se tenait en face de moi et je l'ai observée. Peau brune, lèvres charnues, sensuelles, yeux noir corbeau : de l'Italie avec un zeste d'Égypte remués au shaker. Accroché à son collier, mon regard est descendu en rappel jusqu'au décolleté qui creusait dans son tee-shirt le V de la victoire. Ce que j'y devinais bombardait mon cerveau de flashs lubriques. Sa beauté aimantait les garçons, mais elle semblait ne pas s'en rendre compte. Seule importait la petite bande que nous formions. Parfois, nos regards se croisaient. Le mien passait automatiquement en mode sonar et émettait alors des annonces équivoques qui la laissaient de marbre.

Si leur physique n'égalait pas le sien, les autres filles sortaient aussi du lot. Nelly était blonde et le rose était le maximum de concession que sa peau pouvait accorder au bronzage. Elle ne portait aucun bijou à part une boucle à l'oreille droite. Son regard malicieux n'hésitait pas à se poser longtemps sur vous, marque de franchise et de confiance.

Sophie, les cheveux longs, bruns et raides, habillée en noir des pieds à la tête, semblait plus discrète, limite renfermée, mais quand son rire s'élançait, les rossignols allaient en groupe porter plainte au tribunal pour contrefaçon.

Quant à Maud, elle était blonde, coupe au carré, très fine, presque maigre. Sa minijupe en jean dévoilait des jambes superbes. Lorsqu'elle les croisait, je m'asphyxiais un moment. Une grande douceur se dégageait de son visage, elle était féminine jusqu'au bout des lobes d'oreille. Un bracelet de toile turquoise rehaussait le cuivre de ses bras. J'avais moins l'occasion de la regarder parce que je me retrouvais souvent à côté d'elle. Faut dire qu'elle aimait bien rigoler, et que son humour faisait sourire le mien, et réciproquement.

J'ai senti que j'étais bien où j'étais en m'agaçant des regards insistants qu'un trio d'Ancerfondains (Ancerfondais ? Ancerfondiens ? Ancerfondiformes ?) réservait à notre table. Vous pouvez toujours supplier à genoux, les gars, pénétrer dans un tel cercle est réservé à l'élite.

Tandis que les autres commentaient l'arrivée des deux derniers musiciens des Thugs, le bassiste et le second guitariste, deux types de Chaumont, je me suis penché vers Maud. Le bien-être que je ressentais était encore menacé par un cumulonimbus qui stationnait à la verticale de ma personne. J'ai tenté de le dissiper.

– Au fait, et Bastien ?

Voix pure, visage candide. Derrière moi, sous une pluie de fleurs, des fées ont joué de la harpe en battant des cils. J'incarnais à la perfection l'innocence détachée.

– Il est parti ce matin à Dijon, a répondu Maud.

Je voyais. Un contrat. Une grand-mère à étouffer sous son oreiller dans une maison de retraite.

– Il commence un stage d'été pour préparer l'IEP. L'Institut d'études politiques…

Ma mâchoire inférieure s'est décrochée, ma langue s'est déroulée jusqu'à penduler à quelques centimètres du sol. Battling Bastien était une tronche ? Moi qui l'avais pris pour un Néandertalien égaré.

– Il s'en est voulu de t'avoir agressé hier soir. Il m'a demandé de te passer le message.

– Me voilà rassuré.

– Le message, c'est une deuxième claque.

– Extra. Je vais pouvoir recommencer à nourrir les cinq dobermans que j'ai lâchés ce matin dans mon jardin…

Son sourire a crevé l'écran. J'ai marqué un temps d'arrêt avant de poursuivre :

– En un sens, je comprends Bastien… Dans ce que je dis, faut souvent opérer un tri sélectif.

– J'ai noté, a-t-elle dit, mais avec une pointe d'ironie gentille, comme une caresse.

– Il revient quand ?

– Dans deux semaines.

J'ai opiné du chef à deux reprises. On ne pourra donc jamais mélanger nos sangs en s'échangeant des serments d'amitié, les yeux dans les yeux. Je me suis consolé en me disant que ce que j'avais perdu, le futur gouvernement de la France l'avait gagné.

J'ai respiré un bon coup. Étonnant comme les choses s'étaient arrangées pour moi. Le matin, j'étais un tueur en série, et l'après-midi, un barman dans la tournée de Haim. C'est marrant la vie !

– Au fait, Maud, vous rentrez bientôt ?

– Ah, mais on ne rentre pas !

Je me suis repassé la bande. Ensuite seulement j'ai paniqué.

– Comment ça ?

– On est venus pour le concert.

Sympa de m'avoir prévenu. Remarquez, en partant maintenant et en courant vingt bornes sans m'arrêter, je serai au Lion d'Or avant la nuit.

Maud a noté ma perplexité teintée de nervosité. En face, Josepha a remarqué ma nervosité perplexe.

– Un problème ?

– Gaspard avait prévu de rentrer, a dit Maud, mon attachée de presse.

– Tu ne peux pas téléphoner et prévenir que tu restes ici, pour la fête ? Peter nous ramènera. Hein, Peter ?

Peter a dit *yes* avec la tête. Peter pensait sans doute que sur son permis, il avait cent points, ou Peter avait un oncle colonel dans la gendarmerie.

J'ai étudié la proposition avec un calme impressionnant. En restant objectif, en écartant toute interprétation fallacieuse, en me nettoyant de toute mythomanie, je devais le reconnaître : Josepha m'avait proposé de rester. Elle craquait. Sous les coups de boutoir de mon charme exténuant, elle rendait les armes. Si on grattait sa phrase (si on grattait *fort* !), une autre apparaissait dessous, qui me disait : « Oui, je serai à toi. »

– Bonne idée ! ai-je concédé en me soulevant de ma chaise.

J'espérais juste que mes parents seraient revenus de leur safari cochonneries.

Je me suis planté au comptoir du bistrot où trônait un téléphone à cadran. (Allô, la Réunion des Musées nationaux ? J'en ai retrouvé un ! Oui ! Vous n'allez pas le croire, mais il fonctionne !)

Une minute plus tard, j'exécutais en baskets un *moonwalk* de victoire. Tout bien réfléchi, mes parents, j'allais les garder. Ils se montraient tellement cool. « Amuse-toi, fils ! » avait dit papa, euphorique d'avoir déniché dans l'après-midi l'objet du siècle, une écumoire en étain (je ne donnais pas deux mois à maman pour le qualifier de nid à poussière). Quand je pense que j'avais raté ça !

Plus jeunes, ils avaient tellement écumé de salles avec des enceintes de cent mètres de haut que ces Thugs à l'affiche d'Ancerfond avaient réglé leurs ondes intérieures sur Radio Nostalgie. Ô temps heureux des retours dans le petit matin blême, avec la chemise qui exsude un concentré de tabac brun, de patchouli, de dessous-de-bras et de Kros éventées !

En plus, j'avais parlé de rock'n' roll !

Rien qu'en entendant ce mot, mon père avait dû sentir ses cheveux, ses favoris, ses santiags et sa ceinture cloutée repousser. J'avais chez moi des photos du chef officiant aujourd'hui dans les cuisines du très sélect Royal Trianon à son époque rebelle / aux chiottes Chirac qui valaient leur pesant de cheveux gras. L'intrépide conducteur de Honda 125 qui avait su séduire ma mère avec son acné tardive et son Perfecto affleurait encore sous le quinqua actuel, en particulier certains dimanches matin tandis qu'armé d'un chiffon il se glissait dans la machine à remonter le temps...

Il branchait son antique lecteur de CD et chantait (comme une casserole) des tubes de ses vingt ans.

Une véritable hallucination que mon père, en short et en tongs, braillant *La Bombe humaine* de Téléphone, en brandissant son dépoussiérant O'Cedar :

La bombe humaine, tu la tiens dans ta main,
Tu as l'détonateur juste à côté du cœur,
La bombe humaine, c'est toi elle t'appartient,
Si tu laisses quelqu'un prendre en main
ton destin,
C'est la fin in in...

Papa, réveille-toi, aujourd'hui on télécharge et tu roules en Dacia !

Soyons juste... Bien décidé à obtenir leur précieux accord, je suis resté évasif sur certains éléments de l'organisation, en particulier ce minuscule point de détail relatif aux conditions de transport du trajet de retour. Inutile de les affoler sans raison. Peter avait son permis (avait-il son permis ?), la voiture avait passé le contrôle technique (vérifier le macaron sur le pare-brise) et son chauffeur avait choisi de ne pas boire (fais sentir ton haleine, Peter...).

J'allais retourner auprès des miens quand une vision étrange s'est invitée dans le paysage. Sur la route, traversant le village au milieu des forains affairés, j'ai vu passer le camion de dépannage qui nous avait récupérés l'avant-veille, avec sur la portière le célébrissime logo Jean-Pierre Pichon, du garage

Pichon. Chose étrange, une camionnette Jean-Pierre Pichon, du garage Pichon, était fixée sur le plateau.

Le garage Pichon avait-il décidé de combattre la crise en fonctionnant en circuit fermé ? Je ne crains pas le marché chinois, moi, je dépanne mes dépanneuses !

À notre table, Sophie a adressé un signe de la main au conducteur et l'attelage surréaliste s'est évanoui. J'aurais adoré creuser plus avant la question mais Thomas, de retour parmi nous, avait commandé une tournée.

– C'est arrangé, Gaspard ? m'a demandé Josepha.

– Oui, pas de problème.

Je pensais que nous allions continuer à discuter (comment allons-nous appeler notre enfant si c'est une fille ?), mais elle s'est tournée vers Thomas, la rock star. Le concert se présentait bien, aucun orage n'était prévu, le monde commençait à arriver, ça allait déménager !

Je regardais du coin de l'œil Peter s'envoyer des bières, à l'anglaise. J'allais devoir en catimini lui vider ses chopes dans les pots de fleurs s'il continuait sur cette dangereuse lancée.

Autour de nous, la fête achevait ses préparatifs. Une foule surgie de nulle part avait envahi le village, et nos conversations se sont noyées dans le bruit des carabines à air comprimé, des annonces aux haut-parleurs des manèges et du fracas des boîtes s'écroulant au chamboule-tout.

L'air était doux, chargé d'odeurs de pommes d'amour et d'huile de friture. Je discutais avec Nelly quand j'ai perçu comme un mouvement au sein de notre bande. Il y avait de l'exode dans l'air.

– On bouge ? a décrété Vitas.

On a pris d'assaut les autos-tamponneuses. Avec Maud, nous avons jeté notre dévolu sur une rouge qui montait de zéro à cent kilomètres heure en dix secondes. Craché par les baffles, *Cette année-là*, de Claude François. Dès que je tenais le cerceau, je fonçais sur Josepha qui faisait équipe avec Vitas.

C'est le code aux autos-tamponneuses, quand une fille vous plaît, vous essayez de lui décoller une rétine par le travers, ou de lui sectionner la moelle épinière en choc frontal.

Sur *Vanina*, de Dave, nous avons réussi, en collaboration avec Peter, un superbe sandwich contre le bord de piste qui a transformé le véhicule de Josepha en shaker. J'espérais que Peter saurait plus tard, sur la départementale, faire la différence avec sa deuche.

Maud s'était montrée plus pacifiste que moi, elle refusait de se concentrer sur une cible unique. J'ai donc eu du mal à savoir pour qui elle en pinçait. En revanche, spécialiste du retournement de veste, Peter nous a mis dans son collimateur à plusieurs reprises. Peut-être que je lui plaisais.

Bientôt, affamés, nous nous sommes retrouvés assis autour d'une table en bois pour étudier la carte, réduite à sa plus simple expression : saucisse-frites ou merguez-frites. La tarte aux frites aurait existé qu'on y aurait eu droit. Marco, qui était venu à Ancerfond par ses propres moyens, nous y a rejoints.

L'heure du concert approchait. Thomas et Vitas s'étaient éclipsés pour se concentrer dans leur loge. Deux garçons en moins et un nombre constant de filles, je courais placé dans la dernière.

Et puis patatras ! Autour de moi, j'ai entendu des « ah ! » des « oh ! » des « regardez qui arrive ! » de mauvais augure, et une espèce de bellâtre a ramené sa fraise vers notre table, un sourire au fluor lui coupant la tête en deux.

– Frédéric ! s'est écriée Josepha.

J'ai instantanément haï ce type, ses cheveux longs, ses yeux bleus, son hâle de barreur de trimaran, sa chemise blanche ouverte sur un collier en cuir et un poitrail bronzé, j'ai surtout détesté la façon dont Josepha avait prononcé son prénom. Et Maud, et Nelly, et Sophie.

Autour de la table régnait une écœurante unanimité !

J'ai senti qu'en Frédéric sommeillait un Tony au carré. Dis donc, petit scarabée, si tu lui balançais directement un *mawashi* dans la glotte ?

Il a salué à la ronde, déposé sur les joues des filles un peu de sa salive et m'a serré la main en me répétant ce prénom qu'on avait déjà entonné en chœur dans l'assistance. Ainsi donc, c'est toi le Frédéric que les gens appellent Frédéric ? Quelle coïncidence !

– Gaspard.

Ce fut ma réponse. Difficile de faire plus sec. J'ai souri comme si j'avais mordu dans une moitié de citron vert. Le gourou de ces dames m'avait déjà zappé.

– T'es arrivé quand ? a minaudé Maud.

– Tout à l'heure. Je suis passé chez Antoine qui m'a prévenu que c'était le grand soir pour Thomas et Vitas. Pour rien au monde je n'aurais raté ça !

Il a commandé sa petite barquette en plastique pleine de cholestérol. J'ai prié en silence pour qu'il s'étouffe avec les frites.

En récupérant des informations disséminées dans les conversations, j'ai compris que ce télé-évangéliste était en terminale S à Dijon, et que c'était un des piliers de la bande depuis de nombreuses années. J'ai tourné la tête, Maud le fixait en pleins phares. En face, Josepha recueillait chacune de ses paroles avec une petite cuillère en or.

Où avais-je rangé mon cyanure ?

Nelly a soudain tendu le bras vers le café des Auréoles.

– Ils arrivent !

Je me suis retourné ; les Thugs entraient en scène.

Rock around the *gnons*

Aux premières mesures de guitare, une foule conséquente nous avait imités et la place s'était bientôt couverte de monde.

Le patron du café, sympa, nous avait réservé des tables en terrasse, mais j'ai douté que nous puissions y rester bien longtemps car des groupes commençaient à lorgner, voire envahir subrepticement les espaces libres.

Et puis, essayez de rester assis quand un groupe de rock branche le courant !

Justement, le bras de Thomas s'est levé, et son médiator a déchaîné l'orage sur sa guitare.

J'ai lutté pour conserver vivants au fond de moi les doutes qui m'avaient tenaillé, en vain. Les Thugs étaient bons. Très bons. Et au diable toute réserve, ils déchiraient !

On s'est levés, on a commencé à s'agiter sur place, les têtes ont scandé des rythmes de folie, j'ai noté les références d'enfer, variées mais efficaces, The Vaccines, les Cranberries, les Clash, Muse... Josepha, Maud, Nelly s'étaient rapprochées et, épaule contre épaule, jouaient les groupies hystériques, les bras levés et torsadant leurs corps face à la scène. Cette vision, associée à l'énergie électrique qui me remplissait, me mettait en lévitation. À peine si j'entendais dans mon dos des remarques peu discrètes lancées par quatre ou cinq types qui appréciaient sans retenue excessive le physique de ces dames («comment elles sont bonnes, celles-là!»).

Sur scène, on frisait la surchauffe du réacteur. Vitas, au fond, avait enlevé son tee-shirt pour exposer à la foule des pectoraux d'athlète vissés au-dessus d'une double rangée de tablettes de chocolat premier choix.

Moi aussi, je les avais, les tablettes! Mais fondues, à cause de la chaleur!

Planté devant son micro, Thomas transpirait comme un malade (son physique en forme de gouttière l'aidait à évacuer le surplus), mais il assurait. Ses complices n'étaient pas manchots non plus. Vitas tapait comme un sourd sur ses caisses, luisant sous la lumière des spots.

J'avais quitté les filles des yeux un moment. Maud en avait profité pour s'éclipser. Je l'ai cherchée. En entendant un des gros lourds derrière, j'ai deviné qu'elle passait devant eux.

– Hé, beauté, tu bois un coup?

– Jamais en marchant! a-t-elle répondu avec le sourire qu'on utilise pour expliquer les subtilités du mah-jong à un skinhead.

– Non mais écoutez cette pétasse ! Pour qui elle se prend ?

Mon sang n'a fait qu'un tour. Je les ai toisés.

– Moins de bruit, les babouins !

L'agresseur de Maud s'est tourné vers moi.

– C'est nous que tu traites de babouins ?

– Je n'y peux rien, les analyses ADN sont formelles !

Son front s'est plissé sous l'effort de compréhension. Abdiquant toute ambition de ce genre, il a fait mine de se lever. Mais le serveur du café, qui déambulait dans les parages avec son plateau chargé de boissons, l'a dissuadé d'un regard d'achever son mouvement.

Direction Générale de la Sécurité Intérieure

Fiche d'identification de Dédé,
serveur au café des Auréoles à Ancerfond, Haute-Marne.

1994-96 : **Chef d'un gang de motards surnommés les Bouchers sadiques (l'individu a 14 ans).**
1998 : **Soulève 198 kg en épaulé-jeté à la fête de l'Andouille et du Saucisson de Bèze, Côte-d'Or.**
1999 : **2005 Videur au Piña Colada, Besançon, Doubs.**
2006-2009 : **Mercenaire au Libéria.**
2014 : **Pour le Téléthon, tracte un avion de quinze tonnes avec ses dents sur la piste désaffectée du 1er escadron de chasseurs de Dijon.**
2017 : **Champion du monde d'Ultimate Fighting par K.-O. à la première seconde.**

Maud s'était évaporée, je me suis à nouveau concentré sur le concert. J'ai vu Josepha qui me fixait. Elle n'avait rien perdu de la scène car elle m'a adressé un clin d'œil de félicitations. Cela n'avait pas été calculé, mais si je pouvais passer pour Batman à ses yeux, je n'étais pas contre.

Les Thugs ont préparé leur final. Mes oreilles ont exulté quand elles ont reconnu les premiers accords de *Levelland* de James McMurtry, une tuerie avec un solo gravé dans la lave. Il avait du goût, le Thomas, puisqu'il avait les miens !

Le dieu du rock a pris possession de mon corps et l'a désarticulé. La basse du type de Chaumont m'a réduit en bouillie, les riffs de guitare ont balancé des giclées de piment sur mon cervelet, je n'étais plus moi. Une ombre m'a frôlé pendant le refrain, un « merci » parfumé s'est glissé dans mon oreille, et Maud a repris sa place près des copines.

Un ultime hurlement de guitare a plané dans le ciel et le concert s'est achevé sur un tonnerre d'applaudissements.

J'ai eu envie de monter sur une chaise et de crier au public que j'étais un pote du chanteur. Mais je ne l'ai pas fait.

Sur le moment, impossible de trouver une chaise.

Bal perdu

Mon Coca était chaud. J'étais bien. Thomas et Vitas, revenus parmi nous, savouraient leur récent triomphe. Lorsque les hordes de fans hystériques les avaient enfin laissés respirer sans tuba, je m'étais avancé vers eux.

– Vraiment, ai-je dit, vous m'avez scié ! Quant au choix de McMurtry pour le final, royal !

– Tu connais ? s'est étonné Thomas.

– C'est mon oncle !

Ses yeux ont commencé à s'arrondir, mais ils ont rapidement retrouvé leur forme initiale. Je commençais à être prévisible.

On a échangé un moment sur nos goûts respectifs, puis il m'a expliqué comment les Thugs s'étaient formés. La piste de danse devant nous était noire de monde.

Après le concert, nous nous étions repliés en bon ordre vers la halle aux grains où un autre groupe, d'un genre plus rustique, conviait petits et grands à digérer les saucisses en tricotant de la gambette sur un parquet flottant. Au milieu de la piste, Josepha traçait avec ses hanches des huit diaboliques. Maud, Sophie et Nelly l'imitaient, encouragées par Frédéric Bel-Ami.

Depuis que ce joli cœur avait débarqué, j'avais l'impression d'être devenu surnuméraire et j'en avais conçu une rancœur qui pouvait très bien se transformer en folie meurtrière.

Une rangée de dos antipathiques s'est interposée entre elles et nous.

– Regarde, a dit le dos de droite, la pétasse de tout à l'heure !

J'ai soupiré. On jouait le retour des bac moins sept.

Ils étaient quatre. On pouvait encore éviter les ennuis s'ils décidaient de passer leur chemin. Seulement c'est sur la piste qu'ils ont choisi d'aller, se tordant de manière grotesque sur la musique, et venant se frotter à Josepha et aux autres. Marco, aux premières loges, s'est rembruni.

– C'est qui ceux-là ? s'est inquiété Thomas.

– Pas des cadeaux, ai-je expliqué.

Nous nous sommes levés et avons rejoint nos amis. Avec l'intervention des fâcheux, l'ambiance s'était nettement détériorée. Ils avaient l'air d'avoir abusé de boissons alcoolisées.

– C'est bon, mon vieux, a dit Vitas à celui qui essayait de prendre Maud par la taille.

L'autre s'est retourné mais, ignorant Vitas, m'a repéré tout de suite.

– Ah, te revoilà, toi !

J'ai reconnu le babouin du concert ! Un de ses acolytes posait sa main sur l'épaule de Josepha, qui a dégagé son bras violemment.

– On se connaît ? ai-je demandé.

– T'as déjà oublié ?

– Franchement, tu as la tête d'un type qu'on oublie vite.

L'agresseur de Josepha, grand, mal rasé, et la bouche encombrée par un appareil dentaire, a relayé son copain.

– T'aimes bien faire le malin, toi !

Mais j'ai continué à m'adresser à Babouin Ier en agitant ma main devant mon nez.

– Pitié ! Dis à ton copain de s'éloigner un peu ; son haleine, c'est une infection !

– Tu me cherches ? a-t-il lâché, incrédule.

– Et toi, une partie de Pictionary contre Picasso, ça te tente ?

L'orchestre a attaqué *Tourner les serviettes* de Patrick Sébastien au moment précis où les deux abrutis me sautaient dessus.

Soyons honnête, j'étrennais ma première bagarre. Mais j'avais visionné tellement souvent les films de Jean-Claude Van Damme que le coup de pied sauté vrillé retourné arrière n'avait, techniquement, plus aucun secret pour moi. Là, j'ai hésité à l'utiliser, par peur de blesser un innocent sur la piste. Je me suis donc contenté de prendre une pêche en pleine poire.

Même pas mal !

L'analyse de la boîte noire montrerait plus tard qu'il s'agissait en réalité d'une claque. On s'habitue. Les mâchoires serrées, j'ai articulé :

– *My name is* Bond, Gaspard Bond !

Et mon poing d'acier a fendu l'air. Pour se planter direct dans un rivet du dentier de Requin.

Autour de moi, une certaine confusion régnait. Vitas répétait un nouveau solo de batterie sur la tête d'un des fâcheux, Peter poussait des hurlements de possédé, Thomas moulinait large et Joli Cœur Frédéric y allait du coup de pompe distingué, façon Arsène Lupin, secondé dans sa tâche par Marco qui, moins subtil, tapait dans le tas. Faisant cercle autour de nous, les filles applaudissaient, ou parfois, levant haut leur carton, attribuaient des notes artistiques à nos techniques d'autodéfense.

Pris par l'urgence, je suis revenu à mon mouton, ou plus exactement à mon Requin. À ma grande surprise, il paraissait avoir accusé le choc. Il avait la bouche pleine de sang. Il a cru que c'était le sien, normal. Moi aussi d'ailleurs (aujourd'hui, quand j'essaye de dérouler mes petits-suisses avec mon crochet, la nostalgie de cet heureux temps me gagne). Son désarroi a sonné parmi ses affidés le signal tacite d'un repli stratégique. Avant qu'un médecin ne vienne leur proposer de remplir les formulaires de don d'organes.

Ne sont restés que les vainqueurs, dont j'étais.

J'ai dressé mon poing en signe de victoire. Les filles se sont approchées. J'ai vu ma main qui pissait le sang.

Si vous n'y voyez pas d'inconvénient, avant que vous m'embrassiez, je vais tomber dans les pommes. Je peux ?

Alors, c'est parti !

Ce n'était rien de grave. Un petit malaise passager. Au café des Auréoles, on m'a pansé. Les apôtres m'entouraient. J'entendais Vitas qui répétait mes reparties plié en deux.

– T'as assuré, Gas ! m'a félicité Thomas en me tapant sur l'épaule.

La confraternité virile d'après bagarre m'avait toujours inspiré un mépris tenace, pourtant, j'ai apprécié ce moment.

Et puis, je l'avais noté, il m'avait appelé Gas ! C'était un signe qui en général ne trompait pas, l'emploi du diminutif affectueux qui prouve l'intimité instaurée, la camaraderie.

Je dis en général car se faire appeler trouduc n'est pas aussi satisfaisant.

Frédéric ne semblait pas pressé de rejoindre le comité de soutien. Je devinais qu'il se serait volontiers élevé contre mon incorporation définitive au sein de la troupe. Pour ma part, j'aurais levé les deux mains si quelqu'un avait mis son éviction à l'ordre du jour.

Je passe volontairement sous silence l'extraordinaire qualité des regards que, dans de telles circonstances, les filles sont capables de vous lancer. Certes, je n'avais pas été le seul héros à me porter au secours de nos Amazones. Mais j'étais le seul blessé.

Les gars, fallait vous automutiler avant !

On est restés encore un peu à la terrasse, puis quelqu'un a suggéré l'idée d'un repli sur nos bases, étant donné l'heure.

Le collé-serré avec Josepha sur le parquet flottant au son d'un medley Patrick Fiori n'aurait donc pas lieu. Mais un coup d'œil à ma montre m'a empêché de le regretter plus avant.

Deux heures du matin. Les connaissant, mes parents devaient déjà avoir prévenu les secours, insistant pour qu'on lâche les chiens et fasse décoller les hélicos.

– Si on allait ? a bafouillé Peter en agitant les clés de sa deuche sous nos nez.

Le cocktail bière-rock-bagarre n'avait pas eu que des effets bénéfiques sur sa connaissance du français. En outre, ces sages paroles avaient été enveloppées dans une haleine de fennec éthylique qui pouvait fournir deux bonnes heures de travail à un gendarme méticuleux et bien placé dans une sortie de virage.

Du regard, j'ai convoqué les membres de la cellule d'assistance médicale qui m'entouraient.

– Je vais conduire, ce sera plus prudent, a décrété Frédéric d'une voix calme.

Nos soupirs de soulagement conjoints ont renversé une table, plus loin. Peter a bien essayé de protester, comme quoi il n'avait bu que du jus de fruits (est-ce que le houblon est un fruit, Peter ?), qu'il y voyait parfaitement clair (Peter, je te signale que ce que tu bois en ce moment, c'est l'eau du vase !) et que c'est à lui que son père avait confié l'antique Citroën (quand il te l'a confiée, Peter, tu tenais encore sur tes pattes arrière). Nelly a tranché le débat en arrachant les clés des mains de son frère qui, considérant la vitesse de réaction de son cerveau, ne devait pas s'en rendre compte avant le lendemain, et les a données à Frédéric.

J'ai lu du soulagement dans les yeux de Josepha. Ses regards s'appesantissaient plus que nécessaire sur la personne de notre bon Samaritain. Oui, je voyais tout, comme si ma blessure avait aiguisé mes sens et permis de pénétrer dans une autre dimension. Sophie et Maud n'étaient pas en reste.

Conclusion : les filles étaient toutes amoureuses de Frédéric.

Qu'avait-il de plus que moi, à part la beauté et l'intelligence ?

Et devais-je comprendre que nous serions un de plus qu'à l'aller dans la deuche ?

Allô, le Guinness ? Comment procède-t-on quand on vient de battre son propre record ?

J'ignore encore comment nous avons pu nous tasser dans l'habitacle. Sur le siège arrière, il y avait plusieurs couches de gens. Dans ce crumble humain, j'avais récupéré la place des fruits. Mais partageant mon infortune avec les mollets de Josepha, et vu que l'inconfort de la situation m'avait amené à passer mon bras autour des épaules de Sophie et Maud, je n'ai pas porté plainte. Je flottais donc dans d'inoubliables parfums de filles. Autre avantage non négligeable, Frédéric, qui conduisait, se trouvait dans l'incapacité de peloter Josepha, si toutefois il en avait conçu le plan pervers.

Je garde de ce trajet un souvenir d'une précision inouïe. Nous étions un groupe soudé par une merveilleuse soirée, partageant sans avoir besoin de le dire la musique d'un concert mémorable, une bagarre de légionnaires en bordée, des rires et des regards ambigus.

Les phares de la deuche fouillaient la nuit (en réalité, compte tenu de la surcharge, ils s'apparentaient plutôt à des projecteurs de

DCA), nous filions à un bon trente kilomètres heure et nous n'étions nullement tétanisés par l'idée qu'un contrôle inopiné de la maréchaussée nous aurait été globalement défavorable.

Il faut croire que le dieu des brasseurs de bière était avec nous, car nous avons troué la campagne sans rencontrer âme qui vive, hormis une succession de quadrupèdes que je n'avais jusqu'alors observés que sur les pages en couleurs d'un vieux Larousse des animaux.

Nous avons ri, nous avons chanté, j'ai souhaité, je l'avoue, que l'équipée se prolonge un peu.

Mais le panneau Fonlindrey a fermé la parenthèse enchantée.

Frédéric, qui connaissait l'adresse de chacun, a déposé un par un ses passagers.

Comme nous approchions du Lion d'Or, je lui ai signalé que mon voyage s'arrêtait là. Je suis sorti. Dans la voiture ne restaient plus que les Townsend, Josepha, Maud et le chauffeur.

– À demain ! m'ont-ils lancé en chœur.

J'ai souri sans rien répondre et j'ai regardé s'éloigner la deuche le cœur serré.

Un, parce que j'aurais donné beaucoup pour savoir ce que Josepha et Frédéric allaient faire après avoir garé la vaillante Citroën chez ses propriétaires.

Deux, parce que le lendemain, les Corbin récupéreraient leur Dacia et se lanceraient dans de nouvelles aventures, celles-là mêmes que j'avais appelées de tous mes vœux depuis mon arrivée dans le bled.

En réalité, seul devant un hôtel coiffé d'étoiles, j'ai commencé à craindre que ce que j'avais tant souhaité arrive.

Journal (extrait)

La nuit noire fait le siège de ma chambre, mais je n'ai pas envie de me rendre. Quelle soirée ! Avant de sombrer dans le sommeil, j'ai envie de lancer des phrases dans ce carnet pour attraper mes impressions au lasso.

Frédéric est revenu. Pas aussi beau que l'an dernier, encore plus beau ! Il affole toutes les filles, il faudrait être aveugle pour ne pas s'en rendre compte. Mais à qui réserve-t-il ses regards ? Je crois avoir envie que ce soit à moi. Mais ce que je veux, est-ce être aimée ou est-ce être séduite ? Est-ce être choisie ou être préférée ? Parfois, j'ai envie de donner de grands coups dans mon cœur pour le réveiller, qu'il batte enfin plus fort que d'habitude.

Pourtant, c'est arrivé ce soir. Mais je ne sais pas vraiment quand, ni pour qui, ni pourquoi.

Thomas et Vitas ont été exceptionnels. Leur passion de la musique est récompensée, sans doute parce qu'ils arrivent à la transmettre. Moi, je ne suis passionnée que par les passions des autres, comme s'il me fallait des relais pour exister.

Je crois cacher mon jeu correctement. Oui, ces doutes qui me rongent en permanence, qui les voit ? Personne. On me prend pour une fille que je ne suis pas et celle que je suis reste invisible, enterrée. Comme Gaspard. C'est tout sauf un garçon banal. Au premier abord, il peut exaspérer, Bastien ne me contredira pas sur ce point, mais se révèle chez lui au fur et à mesure que j'apprends à le déchiffrer une générosité joyeuse vraiment charmante. Oui, j'aime parler avec lui, j'aime être avec lui. Mais son regard, comme celui des autres, me traverse.

Il s'en va demain. Dommage.

Trop fatiguée pour continuer. Je vais me coucher.

Finalement, ça me dépanne

C'est un toc-toc allègre qui m'a réveillé.

– Gaspard, il est neuf heures et demie, il faudrait que tu descendes déjeuner ! Gaspard ? Si tu traînes trop, ça va être froid !

– J'arrive !

Ma mère avait-elle reconnu ma voix ? La veille, j'avais dû pas mal crier, sollicitant au-delà du raisonnable des cordes vocales qui, ayant longtemps baigné dans une solution mixte de bière et de Coca, s'étaient fragilisées.

Passant ma langue sur mes lèvres (opération qui m'a demandé plus de temps que prévu), j'ai constaté que deux rouleaux de printemps avaient remplacé ma bouche. La claque du babouin avait fait mouche.

Je me suis redressé et assis en travers du lit. Un bon lit, finalement. Le soleil pénétrait par strates à travers les persiennes, comme s'il écartait les lames avec ses doigts. Je me suis levé, j'ai poussé les volets, déclenchant une volée de chants que, compte tenu de mon ignorance du monde volatile, je baptisais cui-cui.

Je ne me souvenais pas avoir auparavant apprécié des cui-cui.

Vision de rêve, une ravissante créature passait dans la rue en bas de ma chambre. La Juliette a aperçu son Roméo.

– Tu ne te réveilles que maintenant ? a crié Maud.

– Pas du tout ! À cinq heures, j'étais debout pour entamer mon footing quotidien, quinze bornes pieds nus sur les cailloux ! Ensuite, je me suis un peu flagellé le dos avec un bouquet d'orties, ça revigore, et là, j'allais me doucher. Et toi ?

– Moi, j'ai dormi comme un sac. Et ta main, pas trop de bobo ?

Je l'avais oubliée, celle-là. Je l'ai examinée en vitesse.

– Un peu gonflée, mais je pourrai quand même donner mon récital à Salzbourg ce soir.

– Tant mieux.

– Tu fais quoi ?

– Je vais voir Sophie.

– Sophie Pichon, du garage Pichon ?

– Elle-même.

– On peut t'accompagner ? Il paraît qu'un *serial killer* rôde dans les parages.

– Oh ! Qui serait assez courageux pour assurer ma protection à une heure aussi matinale ?

– J'arrive ! Donne-moi une minute.

J'ai fermé la fenêtre, sauté dans mon jean (un bon entraînement pour le challenge interdépartemental de course en sac), enfilé le tee-shirt qui était le moins en boule dans mon armoire et j'ai dévalé les escaliers jusqu'à la salle de restaurant.

Une odeur de café et de pain frais m'a sauté aux narines. J'ai filé droit sur mes parents qui s'étaient posés à la même table que la veille.

– Qu'est-ce qui te prend ? m'a questionné papa.

J'ai ramassé une tartine beurrée qui traînait sur la table et bafouillé mon explication :

– J'accompagne une copine au garage Pichon. J'en profiterai pour demander si la voiture est prête.

Maman a hoché la tête, plusieurs fois.

– Toujours aussi pressé de partir, hein ? Tu es terrible, quand même !

– Ce n'est pas ça, mais…

– Et tu ne déjeunes pas ? a-t-elle poursuivi.

– C'est-à-dire que ma copine attend dehors… et puis je n'ai pas très faim.

– TA copine ?

– Une copine…

– Et tes lèvres ? Qu'est-il arrivé à tes lèvres ?

– Hier soir, je suis sorti avec un tuyau d'aspirateur.

– Très fin !

– Ce n'est rien, maman, je te raconterai.

Elle a froncé les sourcils, bien décidée à ne pas se contenter d'une explication aussi évasive.

– Ce qui compte, ai-je ajouté un rien bravache, c'est l'autre. Ce matin, dans sa glace, il a trouvé une tête de panda.

Ma mère a levé les yeux au ciel et secoué la main en signe de capitulation.

– J'y vais ?

– Si tu y tiens. Nous montons préparer nos bagages.

Debout, les bras croisés, Maud m'attendait devant l'hôtel. Un débardeur, dont les bretelles doublaient celles de son soutien-gorge, moulait sa poitrine. Le choix d'une jupe courte était le meilleur hommage qu'elle pouvait rendre à ses jambes parfaites.

– Le *serial killer* est venu. Je lui ai dit de repasser quand mon garde du corps serait là.

J'adorais son sourire. Tout son visage y participait. Et au moment de l'effacer, elle penchait la tête et plantait son regard dans le vôtre ; c'est dans ses yeux qu'on le voyait disparaître.

Nous nous sommes mis en route. On pouvait dire que l'effervescence régnait dans le village puisque nous avons aperçu deux personnes qui traversaient la place *en même temps*. Le soleil nous a rapidement réchauffés. Pas un nuage ne troublait le bleu du ciel.

– Qu'est-ce que tu vas faire au garage ?

– Demander si notre voiture est prête.

– Ah oui, c'est vrai…, a-t-elle grimacé. J'avais complètement oublié. Et si c'est le cas, vous partez quand ?

– Dans la journée.

Elle est restée un moment silencieuse. Puis elle a repris :

– Tu dois avoir hâte d'arriver à Saint-Raphaël…

Je l'ai regardée, surpris. Elle a capté l'expression sur mon visage et levé le voile sur ce message codé.

– Josepha… Il est possible que vous vous y retrouviez, non ?

– Elle t'a dit ça ?

– Pas vraiment, mais comme vous allez au même endroit…

J'ai hoché la tête et laissé les cui-cui entretenir la conversation. Et comme elle avait roulé sur un sujet qui m'intéressait, j'en ai profité.

– Elle est sympa, Josepha…

J'avais conscience que ce genre de phrase était la transcription exacte de « Elle est canon, Josepha ». Évidemment, je me doutais que Maud n'allait pas me balancer que Josepha était raide dingue de moi, mais la plus petite information capable de servir mes desseins était bonne à prendre.

– Oui.

J'avais oublié que la plus petite information qui existe s'appelle l'absence totale d'information. Heureusement, elle a développé :

– Il faut la connaître. C'est fou ce que les gens peuvent être différents de ce qu'ils ont l'air.

– Exact. Moi, par exemple, on me prend souvent pour un crétin de base.

– Tu es l'exception qui confirme la règle.

– Sympa, merci.

– Tiens, toi, tu la perçois comment ?

J'ai senti le piège.

– Difficile à dire. Elle est belle, je crois qu'elle le sait mais n'en abuse pas, ouverte sans être superficielle… Je la connais peu.

– C'est quelqu'un qui manque beaucoup de confiance en elle. Ça t'étonne ?

– Un peu, oui.

– Et elle se confie peu sur les sujets qui la touchent vraiment. Par exemple, elle écrit.

– Elle écrit quoi ?

– Je n'ai jamais lu, des romans, je crois.

Je me suis demandé si elle en avait commencé un qui parlait de moi. Puis, dans la foulée, pourquoi Maud me disait tout ça.

– Et toi ? lui ai-je lancé.

– Quoi, moi ?

– Quels sont les sujets qui te touchent vraiment ?

Elle a souri, en jetant un bref coup d'œil dans ma direction. Peut-être craignait-elle que je n'embraye sur deux trois vannes, mais je n'avais pas envie de briser la fragile intimité qui s'était instaurée entre nous. Elle a pris son temps, puis m'a répondu :

– Je me passionne pour les garages. Le garage Pichon, devant lequel nous nous trouvons actuellement, a longtemps nourri mon imaginaire.

En effet, nous étions arrivés à destination. Je ne m'en étais pas rendu compte. J'ai stoppé, les yeux braqués sur l'enseigne, puis je me suis tourné vers Maud.

– Pour répondre à ta première question, je ne suis pas pressé de partir à Saint-Raphaël.

Je n'en revenais pas de ce que je ressentais, j'en venais même à douter que j'étais toujours moi. Le moi d'il y avait une poignée de jours, s'entend, celui qui défiait les tournesols moqueurs, toussait de la chlorophylle, vénérait Saint-Raphaël et aurait échangé toute sa collection de MP3 contre un moteur neuf de Dacia Sandero. Que m'arrivait-il ?

– Je récupère Sophie au passage, a repris Maud, Peter nous emmène à la piscine. Tu passeras plus tard nous dire au revoir chez Antoine ?

– Bien sûr.

Je l'ai regardée s'éloigner, emportant mine de rien la réponse à la question que je lui avais posée et, accompagnant mon geste par un long soupir, j'ai poussé la porte du garage.

Toc-toc. Bonjour, monsieur le bourreau, c'est pour une décapitation, je peux passer une tête ?

La Dacia n'était plus sur le pont.

– Monsieur Pichon !

Ma voix a résonné dans l'atelier comme celle d'un mort-vivant dans son caveau. La porte du bureau d'accueil a grincé, la silhouette graisseuse du propriétaire s'est avancée. Paradoxalement, j'espérais que l'infirmier allait m'annoncer une dégradation de l'état de santé du malade. Mais il avait une figure heureuse que je n'ai pas aimée.

– Elle est prête, m'a-t-il lancé, épanoui, bouffi de contentement, fier du travail accompli, et donc complètement hermétique aux tragédies humaines que son professionnalisme abject pouvait déclencher. Votre père peut venir la chercher quand il veut.

Dehors, une mobylette est passée en pétaradant. J'ai eu le temps de reconnaître Sophie qui emportait Maud sur son porte-bagages. À elles la piscine, à moi le garage ! Je perdais au change.

Je me suis à nouveau concentré sur la tuile qui m'était tombée dessus.

Avais-je le temps de me glisser derrière la Dacia et de bourrer le réservoir de sucre en morceaux ?

Non.

Pouvais-je, sans que le garagiste le remarque, tirer un obus sur cette bagnole maudite ?

Exclu.

J'ai sorti deux écarteurs de ma poche et je me suis tiré un sourire satisfait. Il a poursuivi :

– C'était du boulot, vous savez ! Ces japonaises, elles sont montées bizarrement.

Dans mon esprit s'est ouvert un livre de géographie. Japonaises = Japon = Tokyo, les sumotoris, les sushis, le karaté, le mont Fuji, les yakusas, les mangas, les Honda et les Toyota. J'ai mouillé mentalement mon doigt et tourné les pages à la recherche d'un rapport, même lointain, entre le Japon et la marque Dacia. En vain.

– Comment ça, les japonaises ?

Le doute s'est infiltré en lui, long ver visqueux dont la tête a percé le fond de son regard.

– Vous n'êtes pas le fils Bringal ?

– Non, monsieur. Gaspard Corbin, du garage Corbin… je veux dire de la famille Corbin. Nous, c'est la Dacia, celle dans le fond là-bas.

Son regard en balle de flipper a suivi le trajet indiqué par mon doigt, butant sur une pile de pneus, rebondissant sur un treuil, se déroutant sur une cuve de vidange pour enfin heurter l'horloge de papa. Lorsqu'il a de nouveau tourné la tête vers moi, j'ai admiré les transformations. Son visage affichait un des airs les plus navrés qu'il m'ait été donné de contempler.

– La Dacia ? Vous jouez de malchance !

– C'est-à-dire ?

– Vous ne devinerez jamais ! La camionnette que j'ai envoyée à Dijon pour récupérer les pièces a eu un accident à la sortie de Vingeanne-Le-Pont. J'ai été obligé d'aller la chercher hier soir.

Une lumière s'est éclairée en moi.

– C'est vrai, j'étais à Ancerfond et je vous ai vu passer !

– Il a fallu que je répare.

– Une chance que la dépanneuse ne soit pas tombée en panne, ou que la camionnette n'ait pas eu besoin de pièces de rechange !

– Comme vous dites. Je suis désolé pour vous. Ça doit pas mal bousculer vos plans.

– Ne vous inquiétez pas, vous n'y êtes pour rien, mes parents vont comprendre la situation et s'adapter, comme d'habitude.

Au fond de moi, un délicieux bonheur s'était répandu, qui devait modeler en surface de mon visage une expression de niaiserie béate.

– Quand l'aurons-nous ? ai-je demandé avant de partir.

– Samedi ! Cet après-midi, je fais un saut à Dijon, pour les pièces, et demain matin au plus tard, j'attaque votre voiture. Dites à vos parents que je ferai au plus vite, et que je suis sincèrement désolé.

– Je n'y manquerai pas. Au revoir !

Sur le chemin de l'hôtel, je me suis demandé comment annoncer la nouvelle. Devant mes parents, je ne pouvais décemment pas dégouliner de joie, ils n'auraient pas compris et auraient trouvé mon revirement d'humeur suspect.

D'ailleurs, je la trouvais moi-même toujours suspecte, cette joie. Comment pouvais-je éprouver du plaisir à prolonger mon séjour dans ce trou perdu ? Fallait-il évoquer les créatures ?

Tout bien réfléchi, oui. En grande partie. Je n'allais pas abandonner le terrain à ce Frédéric dijonnais ! S'il avait posé ses marques les années précédentes, j'avais pour moi de dégager l'enivrant parfum de la nouveauté.

Avec Josepha, je n'avais pas été très efficace ces derniers jours et le dieu du cambouis et des salopettes graisseuses m'accordait un délai supplémentaire.

En y réfléchissant, c'est comme si une partie de moi avait hésité à la séduire trop vite… Oui, j'avais été l'objet de cet instinct des chasseurs qui, voulant profiter autant de la traque que de leur proie, jouent avec elle.

Chère Josepha, assez joué !

Rempli de résolutions de *serial lover*, je suis parvenu au Lion d'Or. Mes parents, qui aiment traîner en vacances, étaient encore à la table du petit déjeuner. Pour des gens qui devaient dare-dare préparer les bagages, ils n'avaient pulvérisé aucun record. Henriette leur tenait compagnie.

Lorsque je suis arrivé, ils m'ont dévisagé en une triple interrogation muette. Qui allait en premier me demander « alors » ?

– Alors ?

À la régulière, maman l'avait emporté.

J'ai pincé les lèvres, dodeliné un peu du chef, bref, déployé des trésors d'inventivité tout droit sortis du répertoire du mime Marceau pour leur signifier qu'il y avait un cactus dans le bocal.

– Elle n'est pas prête ? a enchaîné papa.

– Non, pas vraiment, ai-je répondu.

Puis j'ai relayé en détail les explications du garagiste.

– Vous voyez, a dit Henriette, ce n'était pas la peine de vous presser pour les bagages !

Mes parents m'ont observé. Ils s'attendaient sans doute à ce que je pâlisse. Mais non.

– Nous allons faire contre mauvaise fortune bon cœur.

Maman n'était jamais à court de dictons soporifiques. Henriette s'est adressée à moi :

– Tu n'as pas mangé, ce matin, toi !

– Rien de solide, non.

– Assieds-toi, je t'apporte quelque chose.

J'ai obéi au gentil dragon sous peine de recevoir en pleine figure un jet de flammes de deux mille degrés. Pendant qu'elle regagnait sa tanière, mes parents m'ont entrepris en douceur :

– Tu n'es pas trop déçu ? a demandé papa.

– C'est la vie, ai-je philosophé en haussant les épaules.

J'ai ensuite souri pour mettre un terme à leurs angoisses.

– Ne vous inquiétez pas, je ne me suis pas vraiment ennuyé depuis que je suis ici. Je peux même dire que ce séjour forcé m'aura réservé quelques surprises agréables.

Ils ont échangé un regard plein de sous-entendus. J'ai continué :

– J'ai expérimenté toutes sortes de drogues, je me suis saoulé à mort, j'ai livré des combats de brochettes !

– Génial ! s'est exclamé mon père.

– Et rencontré des gens sympas…

C'est le moment qu'a choisi Henriette pour réapparaître, un plateau chargé de victuailles pour un régiment sur les bras. Elle a déposé son butin devant moi et, d'un geste, m'a invité à me servir.

J'ai fait honneur au plateau. Les jours de répit accordés par le garage m'avaient ouvert l'appétit.

– Quel est le programme du jour ? a demandé maman.

Mon père a posé les yeux sur moi.

– On pourrait peut-être faire quelque chose ensemble, non ? À moins que tu sois déjà pris…

Dans la salle du Lion d'Or, au ton de sa voix, j'ai senti que mon père, se faisant l'interprète de ma mère, souhaitait ardemment que nous menions en tribu une activité quelconque. J'avais bien envie aussi, en fait. Et puis, les copains barbotaient dans l'eau chlorée.

– Avec plaisir, ai-je répondu. Et je vous laisse carte blanche, pourvu qu'on soit de retour dans l'après-midi.

– J'avais justement repéré un truc marrant à te proposer ! a répliqué papa.

– On change ? ai-je lancé par-dessus mon épaule.

Si j'avais attendu sagement que l'un de mes deux tortionnaires me réponde, j'y serais encore au col du Lautaret !

La sueur qui jaillissait en fontaine de mon front avait laissé derrière nous une traînée humide de deux mètres de large sur, d'après mes estimations, trois kilomètres de long. De part et d'autre de l'engin glissait un paysage superbe. Mais je le goûtais à travers un rideau de pluie artificielle puisque nous avions malicieusement choisi l'heure la plus chaude pour fournir les efforts les plus importants.

– On change ? ai-je répété.

– Pourquoi ? On est bien, nous !

Je me suis tordu le cou pour les regarder. En effet, ils étaient bien. Confortablement installés dans des transats, ils sirotaient chacun une canette fraîche récemment extraite de la glacière qui trônait à leurs pieds. Un parasol jaune leur prodiguait une ombre agréable magnifiée par la légère brise que faisait naître la progression de l'attelage.

– Papa ? Tu peux me rappeler le numéro vert de SOS Enfance en danger et me prêter ton portable, s'il te plaît ?

– Allons, Gaspard, un peu de sport te fait du bien. Sais-tu qu'un adolescent sur cinq seulement pratique au moins cinq heures de sport par semaine ?

– À moi tout seul, je vais faire remonter la moyenne !

Le « truc marrant » de mon père s'appelait cyclorail. On avait rallié Port-Aubry grâce au véhicule gentiment prêté par le garage Pichon et loué cette plate-forme que les organisateurs avaient probablement rachetée à prix d'or au musée du bagne de Cayenne.

L'idée, c'était de monter un vélo sur un plateau et d'utiliser une voie de chemin de fer désaffectée comme itinéraire de promenade. Les rails serpentaient dans la campagne jusqu'à Saint-Satur et passaient trois ponts dont un viaduc perché à quarante mètres de hauteur.

Au bout de l'effort, le dépliant promettait des vues époustouflantes sur les vignes de Sancerre. Il ne disait pas comment on pouvait en profiter dans un état avancé de déshydratation, perclus de crampes et asphyxié jusqu'au trognon.

Il y avait deux selles à l'avant et deux places assises à l'arrière. Nous étions trois mais je m'étais laissé rouler dans la farine au moment du plan de table. Je pédalais donc depuis le départ pendant que deux esclavagistes savouraient le paysage. Mon cerveau saturé de toxines cherchait la faille.

– Et si j'invoquais votre pitié ?

– Nous n'en avons aucune, a rétorqué maman entre deux gorgées de Perrier glacé.

– Est-ce normal qu'un TGV nous fonce dessus, là-bas en face ?

– Stratagème grossier, a dit papa.

Puis il a continué, après un temps d'arrêt :

– Tu veux boire autre chose ?

– Je veux bien, ai-je répondu.

– Ce n'est pas à toi que je parle, a-t-il répliqué.

Nous arrivions à mi-parcours quand ce couple sémillant a proposé un arrêt au stand à l'approche d'une aire de pique-nique. Je n'étais pas contre. Deux morceaux de bois articulés avaient remplacé mes jambes d'être humain.

J'ai compris que mon vrai père s'appelait Geppetto.

Entre deux troncs d'arbre, nous apercevions un champ de tournesols qui tapissait de jaune le creux d'un vallon. J'ai vidé un litre et demi d'eau minérale, gobé deux œufs durs puis attaqué un sandwich aux rillettes conçu pour la mâchoire d'un crocodile adulte. Le petit déjeuner d'Henriette n'était plus qu'un lointain souvenir pour mon organisme.

Nous en avons profité pour discuter. Ils m'ont confié leur bonheur de se retrouver dans ce village perdu où ils avaient l'impression de recharger leurs batteries. C'est l'expression qu'a choisie maman. Quand on est infirmière aux urgences de la Pitié-Salpêtrière, les batteries se vident à fond.

– Je vais même te dire, a expliqué papa, Saint-Raphaël, on ne court pas après. Tu as eu l'air d'apprécier, alors nous y sommes retournés, mais pour nous, il y a trop de monde.

– Je vois, ai-je répondu, vous vous êtes sacrifiés pour moi.

– N'exagérons rien.

– Vous ne seriez pas en train de me dire que la perspective de finir les vacances ici ne vous effraie pas ?

– Disons plutôt que l'an prochain, cette expérience imprévue nous fera peut-être réfléchir à d'autres formules que la location en bord de mer. D'autant que tu ne partiras pas éternellement avec nous.

– Mais si ! Vous m'avez sur le dos pour encore au moins une vingtaine d'années ! Après le bac, je vais faire droit, puis architecture puis médecine puis un master de nanotechnologie dans la Silicon Valley ! Et si vous émettez ne serait-ce que des *réserves*, je vous colle un procès aux fesses pour non-respect des obligations parentales et je vous réclame une pension !

En m'y reprenant dix-sept fois, j'avais réussi à avaler ma première bouchée de sandwich ; j'ai attaqué la deuxième en observant mes parents. J'adore les faire rire, je l'avoue. Là, ils s'étaient regardés en secouant la tête de concert et je les sentais qui gloussaient à l'intérieur.

Au dessert, ils ont tenté de me cuisiner sur mes fréquentations du cru. Je n'ai rien lâché.

Qu'aurais-je avoué ? Leurs questions m'ont amené à dresser un bilan personnel dont le résultat s'est apparenté à un brouillon de dissertation fourni par un parkinsonien. J'étais un galion guidé par le phare Josepha (j'espérais à fond qu'il ne se transforme pas en galère !) et sur les eaux, accessoirement, flottait une véritable armada de fiers navires dont le nombre rendait la régate excitante. Mais j'avais beau m'arracher le cœur et l'exposer sur une table de dissection, force était de constater qu'il battait toujours à la manivelle.

Étais-je un anormal ? Un handicapé des sentiments ? Un oublié de Cupidon ?

– Si tu veux être de retour pas trop tard, a soudain lancé papa, brisant ma douloureuse introspection, il faudrait reprendre la route maintenant !

Je me suis ressaisi.

– Si tu me fournis un motoculteur, je débarrasse la table.

– On s'en occupe, va !

Le sandwich formait au creux de mon estomac une boule de ciment enrobée de compote. Je me suis juché sur le cyclorail en attendant qu'ils mènent leur tâche à bien. En me rejoignant, ils ont mollement protesté.

– Gaspard, c'est bon, on va pédaler un peu.

Grand prince, j'ai décliné l'offre.

– Laissez-vous porter et rassurez-vous, je vous ferai payer ma générosité au centuple.

Ils n'ont pas insisté, les vaches !

Journal (extrait)

Chaque jour de plus est un jour en moins. Juillet avance et me transporte, comme un bac, entre deux rives d'ennui et de rentrée scolaire.

Les vacances s'étirent, agréables, nous formons une vraie bande cimentée par l'amitié, l'habitude. Le soleil est au rendez-vous, la voiture de Peter nous permet de nous échapper du village quand l'envie nous en prend.

Mais je me sens comme un puzzle au milieu duquel il manque une pièce. Si j'étais aimée, aimée pour ce que je suis, aimée à en pleurer, je serais belle, et drôle, et unique, et précieuse, je serais celle qu'on espère, je serais de chair et de sang, pas cette peinture de jolie fille sur un sarcophage creux. Je ne peux m'empêcher de guetter l'arrivée de celui qui m'embrassera pour la première fois, et contre qui je m'abandonnerai enfin.

Frédéric partira bientôt, je n'existe pas spécialement pour lui, et je crois m'être épuisée à désirer qu'il me remarque vraiment, sans conviction, et pour cause, car ses belles mains, cette allure aristocrate qu'il cultive sans effort, cette gentillesse qui est la sienne, me laissent froide au fond.

Pourtant, celui que je désire est là. Mais s'il ne se décide pas à me voir, je m'abandonnerai au premier qui me regardera avec des paumes douces et des mots tendres. J'essaierai sur un autre l'amour que sa présence me promet sans rien tenir.

J'en serai malheureuse, mais je serai vivante.

Attention au départ

Vendredi pointait enfin son aube. Elle m'a trouvé avec un moral en chaussettes de rugbyman au fond du panier à linge car l'après-midi précédent s'était encore plus mal fini qu'il n'avait commencé.

En effet, au retour de mon équipée cyclo-railleuse, j'ai erré tel un spectre dans le village abandonné. Un petit tour au café de la fontaine a précédé un autre petit tour chez l'Antoine, juste pour constater l'absence de la bande au grand complet. Désœuvré, j'ai marché au hasard dans le village à la recherche des *coins pour les jeunes*, comme disent les vieux. La boulangère m'a indiqué le chemin qui mène à la plage, près de la rivière. La plage ? Vous êtes sûre ? Vous n'ignorez pas, madame, que nous sommes à plusieurs centaines de kilomètres de la mer, n'est-ce pas ? Vous ne confondriez pas avec un autre mot finissant en « -age », comme « marécage », par hasard ?

Bien, on va aller voir la plage.

On n'aurait jamais dû…

J'ai dévalé des rues battues par un vent tiède et, sans avoir rencontré âme qui vive, j'ai atteint Copacabana.

Si j'avais dû définir ces lieux, le premier mot qui me serait venu à l'esprit n'aurait sans doute pas été « plage ». Ce que les autochtones nommaient ainsi n'était qu'une surface d'herbe à moitié broutée fréquentée par des bovins. Pour pénétrer dans cette zone longeant les eaux croupissantes d'un bras de rivière, il fallait enjamber un fil barbelé tendu entre des piquets branlants. Je ne me souvenais pas qu'un épisode d'*Alerte à Malibu* ait jamais été tourné ici.

J'ai franchi l'obstacle et piétiné l'endroit. Pour pouvoir les étendre entre les bouses de vache, il fallait disposer de serviettes découpées en S. Pas commode. L'accès aux bains rafraîchissants était autorisé par l'existence de passages entre les touffes d'herbe, lesquels se révélaient en fait des dénivelés abrupts de terre glaise transformés par l'humidité régnante en toboggans de la mort.

En guise de CRS maître nageur sauveteur, j'ai repéré une grenouille engourdie qui a déserté son poste à mon approche (je me plaindrai à la mairie, il n'était pas encore dix-huit heures et elle n'avait pas baissé le drapeau !).

Ayant mesuré l'étendue de ma déception, j'allais rebrousser chemin quand j'ai perçu comme un gloussement provenant, plus haut, d'une rangée de feuillus.

Comme on me l'a appris dans les commandos de marine, j'ai failli m'aplatir au sol et ramper, mon poignard cranté entre les dents. La présence des bouses a cassé mon élan. Je me suis contenté, plié en deux, de me diriger le plus discrètement possible vers le foyer d'agitation. Écartant d'une main les branches d'un buisson, j'ai coulé un regard prospectif qui s'est écrasé sur une vision d'horreur : deux corps enlacés.

Le premier était l'enveloppe matérielle d'un bellâtre dijonnais. L'autre, à mon grand dam, à ma grande rage, à mon grand désespoir, à ma grande jeunesse ennemie, ressemblait comme deux gouttes de peau à celui de Josepha.

Ils se livraient à des jeux érotiques passablement répugnants, du genre amour première langue.

Ma salive s'est gélifiée, j'ai avalé un peu de ciment prompt et j'ai posé dans l'autre sens mes pas dans les empreintes qu'avaient laissées mes chaussures dans les bouses. Il était inutile de prendre autant de précautions, du reste, car les dépravés ne se souciaient guère de l'environnement. J'aurais pu jouer de la trompette qu'ils auraient poursuivi leurs échanges linguistiques.

Groggy, je suis retourné vers le centre-bled, les épaules basses et l'esprit déconfit. Des idées noires tourbillonnaient sous mon crâne, giflant les parois intérieures comme des chauves-souris affolées. Mes efforts de réflexion tenaient le rôle d'un rai de lampe torche qui n'éclairait rien, et affolait davantage les bestioles.

Qu'avait-il de plus que moi ? Qu'avais-je de moins que lui ?

L'avait-il forcée, exerçant sur elle un ignoble chantage (Si tu ne te roules pas dans les bouses de vache avec moi, je massacre ta famille !) ? Peu probable, étant donné la tessiture de ses roucoulements herbeux.

J'avais foiré. Et Propre-sur-lui avait investi la place.

Peut-être Josepha s'était-elle lassée de m'espérer... Peut-être attendait-elle de moi davantage de démonstrations et, soucieuse de déclencher chez moi une réaction, avait-elle utilisé l'appât dijonnais...

Question subsidiaire : le père Noël existait-il vraiment ? Et la petite souris ?

J'avais beau déployer des trésors d'imagination, la cruelle vérité me revenait toujours en pleine face : sur l'échelle de son intérêt, je me situais juste entre la finale du championnat d'Ukraine de lancer de marteau et la crotte de chat. Dont acte.

Tandis que je continuais à marcher, j'ai senti au fond de mes tripes, étouffé quelques jours, l'appel de Saint-Raphaël. Fonlindrey me sortait à nouveau par les trous de nez. À l'évidence, je devais me reprendre et dissiper le mirage d'un séjour agréable au milieu de nulle part et me recentrer sur les essentiels, les boîtes de nuit enfumées (Ah, le Macoumba ! Ah, le Locus Solus !), les parties de volley avec les Danoises du camping de l'Embarcadère, les films de kung-fu au cinéma en plein air et les parties de tarot au café de la Marine. J'envisageais à nouveau avec un certain plaisir l'idée de revoir Tony-Face-de-Rat, le bord de mer saturé de voitures et même, bon prince, l'hypocrite courbure de reins de Sandrine-la-Félonne. Qui sait, je pourrais peut-être récupérer mon bien ? Il ne s'était pas encore écoulé un an et un jour depuis notre séparation.

Une chose apparaissait clairement : il n'était pas question que je croise encore le regard de Josepha. Ce que j'y aurais lu m'aurait pour de bon réduit en poussière.

J'ai filé droit vers le Lion d'Or et je me suis enfermé dans ma chambre.

Reclus volontaire, j'y ai passé du temps dans cette mansarde moisie, ne m'extrayant d'une mélancolie poisseuse qu'à l'heure du dîner pour avaler un magret de canard aux airelles qui a provoqué chez Henriette, qui s'était jointe à nous, des orgasmes gustatifs de huit sur l'échelle de Richter. Entre mes parents et elle, de toute évidence, des liens s'étaient créés qui dépassaient le cadre convenu des rapports hôtelière/ clients.

Leur bonne humeur n'était pas parvenue à entamer ma mauvaise. Après le repas, ma mère m'a entraîné à l'écart.

– Gaspard ? Que se passe-t-il ? Tu en fais une de ces têtes, ce soir !

– Je n'en ai pas d'autre en magasin, désolé.

– Des soucis ?

J'ai soupiré. J'avais autant envie de lui confier mes peines de cœur que de les déballer à *Confessions intimes*.

– On part bien demain ? ai-je habilement mis en touche.

Elle n'a rien dit et m'a fixé, longuement, comme seule une mère en est capable, utilisant les plus récentes techniques de radiographie sensitive, de scanner d'humeur et d'hypnose divinatoire. Puis elle a approché son visage, a pris le mien entre ses mains et m'a soufflé :

– Si j'étais elle, je ne te laisserais pas t'en aller. Tu es beau, tu es drôle et tu es sensible.

Puis elle m'a souri.

Normalement, j'aurais dû me sentir gêné, la rabrouer gentiment, mais finalement, non.

Tout cela était tellement vrai.

Je me suis contenté de la remercier du bout des yeux. Ses paroles m'ont fait du bien. Je suis remonté dans ma chambre et me suis glissé entre les draps cartonnés de mon lit pour m'abrutir de sommeil. J'ai eu du mal à le trouver. Était-ce dû à la sauce ?

Au fond de mon estomac, le canard s'était réveillé et il s'est mis à courir un moment en cancanant sans discrétion. Le front couvert d'une sueur aux airelles, je me suis agité, secoué par des lambeaux de cauchemars. Vers minuit, je me suis redressé et j'ai commencé à tirer le bilan de mon existence. Ça a été radical, j'ai vomi. Et me suis rendormi comme une enclume.

Pendant le petit déjeuner, ma mère m'a sondé discrètement pour savoir si la nuit avait eu sur moi des effets apaisants. Par respect pour la cuisine de mon père, j'ai tu l'incident du petit canard flotteur, et je me suis efforcé d'être plus loquace que la veille. Juste après, je suis remonté. Depuis, je contemplais au plafond de la chambre 31 toutes les questions qui, comme de minuscules ballons, y étaient montées sans éclater.

J'avais beau me repasser en boucle la scène du couple roulé dans l'herbe à Copacabana, je constatais que quelque chose n'allait pas. Normalement, ces rediffusions auraient dû avoir l'effet que produit le sel sur une plaie à vif, la creuser, réveiller la douleur. Or, la douleur, loin d'être au rendez-vous, avait tendance à disparaître. Ce type, Frédéric, à force de le visualiser sous toutes les coutures, je me suis rendu compte qu'il me laissait indifférent. Rien à cirer. À battre. À foutre en somme.

Et c'est cette indifférence-là que j'ai commencé à sonder, en y jetant, penché au bord, des cailloux qui n'atteignaient jamais le fond.

Depuis la veille, j'avais eu le temps de baisser en température et d'allonger mes réactions sur le lit de la chambre pour en pratiquer l'autopsie. J'ai vite compris qu'elles étaient factices. Comme si cette jalousie avait été empruntée à des lectures, des films que j'avais vus, ces personnages de maris trompés, d'amants outragés, de petits copains largués comme des Kleenex. Quoi ? Ma poitrine abritait-elle un cœur de colibri dans un écrin de liège ? Si je n'étais même pas capable de souffrir pour de vrai, comment pouvais-je aimer ?

Et quels rapports secrets l'amour et la beauté pouvaient-ils bien entretenir ?

Josepha était peut-être la plus belle fille que j'avais jamais rencontrée. Sur son passage, les mâles, quels qu'ils soient, sentant leur libido devenir incandescente, se transformaient en boussoles affolées par son nord magnétique.

J'avais cru faire partie du nombre, mais je m'étais assis dans un simulateur de vol sans m'en rendre compte. Non, Josepha ne m'avait pas fait décoller ; sinon, la séance de la veille aurait coupé mes moteurs et j'aurais tracé un sillon d'incendie dans une région inaccessible du monde avec des morceaux de carlingue éparpillés sur plusieurs kilomètres.

Pourtant, j'en aurais juré, je ressentais des troubles inconnus depuis mon arrivée ici. Mais impossible de les identifier.

Le son d'un klaxon familier a interrompu mes cogitations. J'ai vite rejoint la fenêtre.

Garée devant l'hôtel, avec la main de mon père qui simulait par la vitre baissée la tige de blé ondulant sous le vent, j'ai reconnu la Dacia familiale. Avec, détail incroyable, un peu de fumée qui sortait du pot d'échappement.

Elle était réparée. Pile au moment où, moi, j'étais en panne.

Pichon, du garage Pichon, avait fait des miracles.

Ne me restait plus qu'à préparer mes bagages. Une chance, les tee-shirts étaient restés en boule, ça n'allait pas traîner. Plus rapide que Tony Parker.

Chez mes parents, les bagages ne contiennent pas que des vêtements. Ils essayent en général de glisser dans leurs valises les bons moments passés, les rencontres, les fous rires et les étonnements, ce qui prend toujours un peu de temps. Mon sac était bouclé depuis deux bonnes heures qu'ils papillonnaient encore dans la salle de restaurant, s'asseyant pour avaler un dernier café, noter une dernière adresse...

Du moins est-ce ainsi que je les imaginais, cloîtré que j'étais dans ma cellule. Je ne voulais descendre qu'au dernier moment. Je n'avais plus envie de me fréquenter moi-même, comment les autres l'auraient-ils eue ?

Imperturbable, le soleil qui pénétrait dans la chambre jouait avec les losanges du papier peint quand j'ai entendu qu'on m'appelait.

– Gaspard ! On y va ?

J'ai empoigné mon sac, j'ai dit adieu aux effluves de putois écrasé, j'ai refermé la porte derrière moi.

Au rez-de-chaussée, Henriette m'attendait.

– À la prochaine, mon gars ! a-t-elle dit en plaquant ses seins gigantesques sur ma poitrine vide et creuse.

Puis elle a ventousé mes joues de deux bises bruyantes.

– On espère vous revoir dans les parages, l'année prochaine peut-être.

Mon père avait déjà rempli le coffre. Nos bagages épousaient la forme exacte de l'habitacle. Une fourmi, entrée par inadvertance, y aurait agonisé par asphyxie. J'ai jeté mon sac à l'arrière et me suis installé, gorgé d'une mélancolie sans nom. Je n'allais dire au revoir à personne de peur de croiser le regard de Josepha. Je ne parvenais pas à faire le tri entre la tristesse d'avoir été battu en finale par le Dijonnais et la colère que mon absence de tristesse provoquait. Autant ne laisser dans le souvenir des copains du coin qu'une vague traînée de poussière grise, c'était préférable.

Mes parents se sont installés, mon père a glissé la clé dans le contact avec la main qui ne faisait pas coucou à Henriette figée sur le seuil du Lion d'Or. Moi, j'avais déjà mes écouteurs sur les oreilles et Evanescence, par la voix sublime d'Amy Lee, qui me chantait :

I'm so tired of being here
Suppressed by all my childish fears
And if you have to leave
I wish that you would just leave
Because your presence still lingers here
And it won't leave me alone

Le monde autour de moi avait perdu de sa réalité, comme s'il s'était déjà éloigné. Les arbres qui ployaient sous la brise d'été, la bouche d'Henriette qui adressait à mes parents d'ultimes recommandations, le profil enjoué de ma mère, ce village éteint qui s'inscrivait dans les limites du pare-brise comme une toile vivante, enluminée par le soleil, tout infusait dans le piano, la plainte d'Amy Lee qui, posant des mots sur mes sentiments, chantait : « Je suis si fatiguée d'être ici... »

J'ai tourné la tête.

De l'autre côté de la rue, Maud se tenait droite, presque raide, et me fixait à travers la vitre.

Je ne sais pas exactement ce qu'exprimait son visage, j'étais loin, j'ai cru qu'un sourire indécis forçait ses lèvres.

Quelques secondes plus tard, elle a relevé imperceptiblement la tête et m'a tendu la main droite pour, du bout des doigts, comme si elle appuyait sur des touches de piano invisibles, m'adresser un au revoir fragile. Le plus incroyable, c'est qu'elle a semblé jouer dans mon crâne les notes qui prolongent le dernier couplet de *My Immortal*...

I've tried so hard to tell myself
that you're gone
And though you're still with me
I've been alone all along

... qu'elle ne pouvait entendre.

J'ai ouvert la bouche et suis resté incapable de respirer. Là-bas, elle s'est retournée et s'en est allée. Je l'ai suivie des yeux jusqu'à m'en faire un torticolis.

Le morceau s'est achevé.

Quand les bruits de la vie sont revenus, je les

ai accueillis avec surprise et regret. Maud avait disparu au coin de la mairie. Elle était partie.

Mais nous, pas encore.

J'ai éteint mon baladeur et ôté mes écouteurs qui devaient me composer un faciès de cyborg en révision.

– Je ne vois pas ce que ça peut être.

Mon père se dévissait le cou pour regarder ma mère dans les yeux. Ils ressemblaient à des bas-reliefs égyptiens symétriques. Sa main continuait à tourner la clé dans le contact. Clic clic. Ce qui manquait derrière le clic, c'était le vroum.

– C'est un gag ? ai-je risqué à travers un rictus circonspect.

– Je ne comprends pas, a répondu mon père, tout à l'heure, elle marchait impeccable. Une horloge !

À l'avant, je tenais deux comiques.

Henriette s'est approchée, hilare.

– Alors, les Parisiens ? On ne veut plus nous quitter ?

Le rire de ma mère a accroché le sien, elle s'est penchée vers papa et a lancé à l'adresse de l'hôtelière :

– Il vous reste des chambres ?

– Vous avez de la chance, y en a deux qui viennent juste de se libérer !

Pour échapper à la suite, je me suis remis Evanescence.

Fort.

C'est reparti pour un tour

Drôle d'impression de remettre mes pieds dans les pantoufles des trappeurs. Je savais que cette fois, pour Saint-Raphaël, c'était cuit. Le proprio, M. Valoni, joint par mon père après notre réinstallation, avait loué l'appartement à une autre famille pour la semaine. Mais il restait encore une possibilité de décaler le séjour après le 14 juillet. Quand Josepha y serait... Je n'ai pas eu envie d'appeler Tony. Pour lui dire quoi ? Que finalement je venais, et que finalement je ne venais pas ? Qu'il vive son histoire rance avec Sandrine et me laisse finir de remplir mes grilles de mots fléchés tranquille.

À la déception d'avoir eu les semelles collées dans les starting-blocks a succédé un curieux fatalisme mâtiné de résignation. Un Baron Samedi doué de pouvoirs occultes voulait que je crève ici, soit ! Mais j'allais me battre. Je mourrais avec panache.

J'ai décidé de rejoindre les copains. La tête haute, j'allais affronter la morgue de Fred le

Vicieux, le dédain de Josepha la Magnifique, au cœur de leur antre. Avec un peu de chance, je pouvais aussi me prendre une autre tôle au baby, histoire de bien me remonter le moral.

Je suis sorti après avoir prévenu mes parents que j'allais m'arroser d'essence sur la place de la mairie et craquer une allumette.

– Attends le journal de vingt heures ! m'a dit ma mère, qu'on puisse voir ça.

J'ai refait le parcours jusqu'à l'estaminet du sieur Antoine. Avant d'arriver, j'ai aperçu deux camions immatriculés dans le 64 qui cherchaient à se garer près de l'église. Juste avant de me dire, soudain angoissé : « Et ALORS ? Faut-il que ton existence soit creuse pour la remplir avec de tels événements, pauvre Gaspard ? »

En poussant la porte, j'ai salué Antoine et me suis glissé dans le siphon d'accès principal.

– Eh, qui voilà ! a lancé Thomas à mon arrivée.

– Brigade des stups ! Vous êtes tous en état d'arrestation !

Tandis qu'il s'approchait de moi, j'ai entendu des saluts spontanés éclore des poches d'ombre.

– T'étais où hier ?

– Je tractais mes parents sur un cyclorail.

Il a pouffé.

– Je vois. On a fait la balade une fois tous ensemble, on s'est bien marrés.

– Parce que vous vous êtes relayés aux

pédales. Moi, à l'arrivée, j'ai dû subir un triple pontage !

– T'aurais dû nous rejoindre après. À la piscine… Sophie ne t'a pas dit qu'on y était ?

– Si. Mais pas à laquelle. Et la batterie de ma boule de cristal était à plat.

En consultant mes notes, je pouvais quand même affirmer que certains avaient préféré se rouler dans la fange érotique plutôt que de faire les andouilles sur un pneu. Je me comprenais.

– C'est bête…

J'ai balayé la remarque d'un revers de main. Mon regard a quitté Thomas pour s'intéresser aux occupants. Les habitués. Marco lisait le dernier numéro de *Moto Revue*. Sophie, Frédéric, Vitas et Josepha tapaient le tarot près du flipper. Apparemment, le couple de Copacabana parvenait à merveille à masquer sa bestialité sous des airs innocents. Josepha m'a réservé un sourire émail brillant qui m'a sonné. D'avoir cédé au bellâtre la rendait encore plus belle. Et l'ombre régnant dans cet endroit ne pouvait rien contre cette beauté rayonnante.

– Tu fais un baby ?

J'ai cru défaillir en reconnaissant la voix qui m'avait pris en traître, une voix rousse de quatre-vingt-dix kilos. Je me suis retourné, prêt à prendre une beigne de bienvenue. Bastien me défiait, un sourire narquois enrobant ses dents de squale.

– T'es revenu ? ai-je hasardé en tentant d'exprimer une allégresse phénoménale sous une couche de pétoche authentique.

– Oui, pour le week-end. Pour la fête.

Il m'a tendu la main. Je l'ai étudiée un instant pour voir si à l'intérieur ne se cachait pas une claque, mais je n'ai aperçu qu'une paume rose de bébé. Je l'ai serrée.

– On m'a raconté la fête d'Ancerfond, comment t'as assuré. Désolé pour l'autre fois.

La paix des braves.

– J'aurais aimé être là.

Je n'en doutais pas une seconde. Mais s'il avait été là, les fâcheux n'auraient même pas franchi les limites du village et je n'aurais jamais été un héros. Son absence avait eu du bon même si, en cas de conflit, la présence d'un char Abrams en réserve facilite la décontraction du vaillant fantassin.

– Alors, ce baby ?

– D'accord.

Avant de lancer les festivités, j'ai cherché des yeux les absents, et je les ai rapidement trouvés. Maud et Peter se tenaient à l'extérieur, installés face à face à une table en métal ronde qui accueillait une bière et une boisson à l'orange. Ils semblaient plongés dans une grande discussion. Parfois, Maud jetait de brefs regards dans notre direction mais je n'étais pas sûr qu'elle m'ait vu. Ils faisaient quoi, les tourtereaux ? La révision des verbes irréguliers ? De les savoir ainsi à l'écart du groupe m'agaçait considérablement.

Mais je devais remettre à plus tard le soin de le vérifier, Chewbacca m'attendait de l'autre côté du baby, sa pièce en main.

Il devait être dans une phase de repentir chrétien, assoiffé d'humiliation rédemptrice. Il allait être servi.

J'aurais au moins gagné une partie pendant ce séjour. Bastien s'est montré bien meilleur perdant que moi le jour de mon arrivée. La classe. On s'est à nouveau serré la main et il n'a même pas tenté de réduire la mienne en petite boule de pâte à modeler sous le coup de la frustration.

– Tu parlais d'une fête avant qu'on commence ?

– Oui, un type de Bayonne qui exporte ses traditions locales dans nos régions.

J'ai opiné. Ça me revenait, Josepha m'en avait parlé au cours de la soirée chez les Townsend. Dernier souvenir avant le trou noir.

– Enfin, a-t-il précisé, un best of de ses traditions. Il y a des restos en plein air, un feu d'artifice et un lâcher de vachettes. Faut être habillé en blanc, avec foulard et ceinture rouges. C'est décalé, et fendard.

J'ai repensé aux camions. Ils devaient contenir les bestiaux réglementaires.

– Tu m'excuses ?

Il m'a excusé, me permettant de filer droit sur la porte qui donnait accès à la cour. Mignonne comme tout d'ailleurs, avec des pavés inégaux et des bacs à fleurs sur le pourtour.

Lorsqu'elle m'a vu arriver, Maud a quitté son vis-à-vis des yeux pour se concentrer sur moi. Je suis allé taper sur l'épaule de Peter.

– C'est mon tour.

– Pardon ?

– Oui, c'est l'après-midi *speed dating*, tu n'étais pas au courant ? Chaque candidat a cinq minutes pour se présenter, séduire et décrocher un autre rendez-vous si affinités.

– Et elle, m'a-t-il répondu en désignant Maud, elle doit changer de table aussi ?

– Pour les filles, ce n'est pas pareil.

Il a acquiescé, vaincu, et s'est levé en souriant.

– À plus tard.

Je l'ai remplacé sans tarder.

– Alors ? a dit Maud en penchant la tête.

– Quoi alors ?

– Cinq minutes, c'est court. Ne perds pas de temps.

J'ai planté mon regard dans le sien, respiré à fond… Et suis resté silencieux.

– Eh bien ?

– C'est dur, je ne sais pas quoi dire.
– Toi ?
– Tu m'intimides sûrement.
Elle a rejeté la tête en arrière sans me quitter des yeux. Son regard amusé me transperçait.
– Je croyais que tu devais partir. Et sans dire au revoir en plus.
J'ai grimacé, embarrassé.
– J'ai eu une sorte de coup de blues.
– Qui a un rapport avec Josepha ?

– Écoutez bien la question, Gaspard… Une chausse-trappe est :
a / Un chausse-pied vendu à Trappes.
b / Un strapping à la cire d'abeille.
c / Une trappe à chaussons dans un immeuble bourgeois.
d / La spécialité de Maud.
– J'hésite, Jean-Pierre. Mais je vais choisir la réponse D.
– C'est votre dernier mot, Gaspard ?
– C'est mon dernier mot, Jean-Pierre.

– Ça se pourrait.
– Tu es du genre à vite baisser les bras, ou à ne pas savoir ce que tu veux ?
J'ai dissimulé ma gêne sous un sourire mécanique.
– Du genre à ne pas savoir si je dois baisser les bras.
Je n'étais pas venu pour parler de Josepha,

mais ses phrases ambiguës avaient réactivé mon intérêt pour la reine de beauté. J'y lisais l'idée de défi à relever, de rival clairement identifié à mettre au tapis. En outre, entre les lignes, Maud ne me suggérait-elle pas que j'avais encore mes chances ? Ne pratiquait-elle pas de la rétention de confidences ? Ne pas oublier que je pouvais être amené à retrouver plus tard Josepha à Saint-Raphaël…

Question subsidiaire : mon attirance pour Josepha crevait-elle tant que ça les yeux ? Maud m'en parlait comme d'une évidence. Si tel était le cas, son amie ne l'ignorait pas non plus, ce qui faisait de moi l'enjeu d'un chassé-croisé amoureux dans le meilleur des cas, et dans le pire le candidat à un râteau d'anthologie.

J'ai attendu qu'elle reprenne la parole et aille plus loin. Mais son regard s'est détaché de moi et s'est englué sur le mur derrière. Elle a éludé…

– Pourquoi tu n'es pas parti ?

– Le destin. Ou plutôt une intervention maléfique. Le sorcier Pichon a jeté un sort à la Dacia.

– Comment as-tu constaté ses pouvoirs ?

– À distance, il a fait fondre le démarreur de la Dacia.

– Et si c'était moi ?

J'en suis resté coi. J'ai tendu ma main et agité

mes doigts comme elle l'avait fait de l'autre côté de la rue.

– Comme ça ?

Elle a esquissé un sourire et glissé ses mains dans ses cheveux.

– Laisse tomber… Alors, tu seras là pour la fête ?

– Oui, à moins que mon père n'achète une nouvelle voiture. Non, tu la feras fondre aussi, avec nous dedans.

– On ne peut pas empêcher les gens qui le désirent très fort de partir.

– Mais on peut leur demander de rester.

À quoi on jouait, tous les deux ? Le tour que prenait l'échange ne la mettait pas plus à l'aise que moi. Je la dévisageais, passant de ses yeux verts à son cou où battait une veine transparente. Je me sentais tout chose, en verre.

J'ai reçu mon prénom comme un caillou qui m'a brisé en mille morceaux.

– Gaspard ?

– Oui, ai-je dit en me retournant.

– On a formé une *peña* pour demain, tu veux en être ?

Josepha me toisait, accompagnée de Frédéric, son âme damnée.

– Bien sûr, mais à une condition.

– Laquelle ?

– Que tu m'apprennes ce qu'est une *peña*.

– C'est une association de copains qui organise des repas pendant les fêtes de Bayonne, l'a relayé Frédéric. La nôtre s'appelle les Thugs.

– Ça fait toujours un peu de pub pour le groupe, a ajouté Vitas, sans doute lassé de jouer au tarot à deux et qui se mêlait à la conversation.

– Je suis partant. On fait comment ?

– Demain soir, après l'*encierro*, on monte le stand.

– Je ne voudrais pas vous sembler analphabète, mais *encierro*…

Dès qu'il fallait expliquer, Frédéric ramenait sa fraise. Mister Wikipédia à l'appareil, de l'office de tourisme de Bayonne.

– C'est en gros un lâcher de vachettes dans la ville. On peut se mettre sur le parcours, c'est risqué mais excitant.

Risqué mais excitant… Comment il parlait ! Il ne pouvait pas dire « problématique mais gratifiant » comme tout le monde ? Et puis, j'ai apprécié le « en gros ». Il signifiait qu'il y aurait beaucoup à dire sur les *encierros*, la symbolique du taureau dans la cosmogonie basque, la subtilité des racines païennes du rituel, la dramaturgie du lâcher, mais pour toi, pauvre petite fiente de pinson, la légende au dos d'une carte postale souvenir sera amplement suffisante.

– Tu l'as déjà fait ?

Il s'est cambré, comme si un taon l'avait piqué dans la fesse.

– Deux fois, oui. Mais je ne t'en dis pas plus, tu auras la surprise.

C'est ça, ne m'en dis pas plus, je vais m'endormir.

– Tu es sûr d'être encore là demain soir ?

L'assemblée a regardé Maud comme si elle venait de lâcher une bordée de gros mots.

– … Sa voiture sera peut-être réparée, a-t-elle cru bon d'ajouter.

– Connaissant mes parents, ils préféreront danser la *Macarena* que de prendre la route.

– Tes parents sont des gens raisonnables, a décrété Peter qui, lui aussi, revenait dans la partie. Tu vas voir, c'est de la fête de fou ! Surtout les vaches !

Il ne devait pas être le dernier à proposer une bière à la vachette de tête, lui !

– On y va, Peter ? a fait Vitas.

– Je vous attendais.

– Vous allez où ?

– Chercher le matériel pour monter le stand. Le gérant de la supérette nous prête sa camionnette. Tu veux venir ?

Ils n'auraient pas compris que je leur refuse un coup de main. Et puis j'avais envie de me rendre utile. J'ai donc accepté avec une spontanéité qui m'a honoré.

– Vous restez là, les filles ? a demandé Frédéric.

Josepha a répondu, en porte-parole autoproclamé :

– Oui. Les travaux manuels nous cassent les ongles.

– Alors on se retrouve demain ?

– Fraîches et disposes.

En partant, Frédéric a posé une bise au coin des lèvres de Josepha, à un centimètre de la région admise et un centimètre de la zone trouble, au milieu de nulle part, quoi.

Bon, ils étaient officiellement ensemble ou non ? Ce flou artistique ne laissait pas de m'indisposer.

À mon tour, j'ai offert une tournée de bises, en n'oubliant personne, et j'ai rejoint mes camarades forçats. On allait soulever des rondins en entonnant des chants vikings, entre hommes !

– N'oubliez pas le charbon de bois pour les merguez ! a lancé Josepha juste avant que nous ne les quittions.

O.K., le lendemain, j'allais pouvoir faire des économies d'after-shave.

Journal (extrait)

Un baiser, ce n'est rien. Souvent, le baiser n'est qu'une promesse de baiser, un mot que l'on prononce si bas que personne ne l'entend. Ses lèvres se sont posées près des miennes, si près que j'ai pensé : « Elles ont fait l'essentiel du chemin. » Je me suis trompée. L'essentiel du chemin se résume à cette minuscule distance qui sépare le baiser de sa promesse.

Il aurait suffi que je tourne un peu la tête, si légèrement qu'il ne s'en serait pas aperçu. Je ne l'ai pas fait. Je ne suis même pas sûre d'en avoir eu envie. Et maintenant, je le regrette.

Si j'arrêtais de me poser ces questions, si je gagnais en légèreté, peut-être mes défenses tomberaient-elles… Mais ces questions sont alignées autour de moi et plantées de biais dans le sol comme des pieux destinés à la défense.

N'est-ce pas absurde de déployer des trésors d'imagination pour être défendue quand personne ne chercher à vous prendre ?

Et si tu venais enfin ? Si tu franchissais cette

petite distance infinie ? Tu n'aurais plus alors qu'à me dire : « C'est toi que j'attendais » pour m'en convaincre. Parce que, tu comprends, j'attends que tu m'attendes. Je n'attends que ça.

Tu es convaincu de m'avoir embrassée. À tort. Ton baiser est resté prisonnier de tes lèvres.

Bayonne, Haute-Marne

Le samedi matin, les cui-cui rituels ont forcé l'ouverture de mes paupières. À l'intensité lumineuse qui perçait l'épaisseur des rideaux, j'ai compris que j'avais raté l'aube.

Je me suis redressé sur mon séant en prononçant « aïe » environ une trentaine de fois. Au bout d'intenses recherches, j'ai trouvé un morceau de mon torse qui ne me faisait pas souffrir : la surface d'une pièce d'un euro sous l'aisselle gauche.

En découvrant mes mains, j'ai d'abord pensé qu'un plaisantin les avait badigeonnées de mercurochrome pendant la nuit. En fait non, une colonie d'ampoules géantes avait pris possession de mon derme calciné. Paumes en avant, j'aurais pu éclairer un hangar ! L'expédition de la veille m'est revenue en mémoire.

Le stand de notre *peña* qui, dans mon esprit, se résumait à quatre planches dans une camionnette, s'était transformé dans la vraie vie en vingt-cinq tonnes de bois dans un semi-remorque. Il avait fallu transporter les éléments de la salle des fêtes au village. En déchargeant l'ensemble, on s'était retrouvés devant une boîte de Kapla, mais la version avec des troncs.

L'organisateur, Mikel Etcheverria, ce Basque expatrié dont la femme était originaire du village, nous avait attribué un emplacement sur le parking de la place Fontaine, contre le mur du salon de coiffure. Il nous avait fallu trois heures pour monter le bar coiffé d'un auvent et l'établi qui, sur l'arrière, nous permettrait de confectionner des tapas dont le choix se limiterait à des toasts au jambon. Quant au barbecue, taillé dans un fût de déchets radioactifs renversé, il pouvait aisément, hérissé de pieux, se confondre avec un piège à éléphants.

Il était vingt et une heures quand nous avons achevé notre œuvre en alignant comme à la parade les sacs de charbon de bois. J'étais fourbu, mutilé des mains, mais étrangement heureux. C'était la première fois que je participais à l'organisation d'une manifestation. Je mesurais le travail accompli en coulisses et le plaisir qu'un tel effort procurait. Thomas, dont j'avais appris à l'occasion qu'il était compagnon ébéniste et s'apprêtait à entreprendre son tour de France de formation, nous avait heureusement servi de chef de chantier.

Plus tard, dans mon lit, chambre 31, quelques images ont resurgi.

Peter, qui avait hérité du marteau... Grâce à cette heureuse loterie, j'avais pu apprendre de nouveaux jurons britanniques. À croire que, le plus souvent, c'était son doigt qu'il avait cherché à planter dans les montants.

Vitas, l'infatigable, venu avec une enceinte Bluetooth, qui n'avait cessé de chanter sur les morceaux des Ramones, un groupe punk new-yorkais plus célèbre pour ses tentatives de réhabilitation des cheveux longs et sales que pour sa contribution à l'évolution des harmoniques complexes. Quoi ? avait-il grogné par épisodes, vous ne connaissez pas *Commando* ? Ou *Pinhead* ? Vous n'avez jamais écouté *Blitzkrieg Bop*, ou *Now I Wanna Sniff Some Glue* ? Même pas *Somebody Put Something in My Drink* ? (Une chanson dédiée à Peter sans doute.) Tas d'ignorants ! Et il programmait la plage aussitôt, repartait, *one, two, three, four !* en yaourtant avec son accent épouvantable.

Frédéric, avec les peintures acides de ses profs au lycée Carnot, avait tenté de se mettre à niveau, mais il s'était montré aussi drôle qu'une blague Carambar rédigée en coréen. Dans cet exercice, je l'avais surclassé sans peine. En déconne pure, j'étais un albatros et lui un dodo. Chaque fois que je déclenchais un rire chez les autres, on avait l'impression que je lui arrachais une plume. Il avait fini à poil sous plastique avec une étiquette collée sur le ventre.

À aucun moment nos conversations n'avaient abordé la question des filles, contrairement à ce que j'avais espéré. Même pas un petit coup de binette dans les jardins secrets ! Elles n'avaient pas non plus daigné nous rendre visite, charrier un seau d'eau fraîche où elles auraient, avec une louche, puisé de quoi nous désaltérer en se penchant pour ouvrir leurs décolletés comme des marquises des anges. Il avait fallu se contenter des bières prévues par Peter le Prévoyant.

Ensuite, assommé par le mélange alcool/fatigue, les images se sont effacées et j'ai plongé à pieds joints dans un sommeil de plomb.

Je me suis étiré (aïe !), me suis levé et j'ai ouvert les volets. Transformé par l'opération Village en Fête, je n'ai pas reconnu Fonlindrey, qu'on avait d'ailleurs, à en croire une affiche placardée de l'autre côté de la rue, rebaptisé Bayonne en Haute-Marne. Tendues entre les arbres, des banderoles garnies de fanions multicolores annonçaient l'événement tandis que des barrières de protection traçaient un itinéraire sécurisé qui, passant devant l'hôtel, traversait la place Fontaine et bifurquait à l'angle de la boucherie. Dans la rue, les passants se comptaient par dizaines. Je me suis frotté les yeux pour vérifier que je ne rêvais pas, mais non, il y avait bien des *groupes* de gens, tous habillés en rouge et blanc, la tenue de rigueur.

Je n'avais rien entendu. Ils avaient dû tout installer sans faire de bruit, pour ne pas me réveiller.

J'ai vidé mon sac par terre, en quête d'un vêtement approprié, mais je n'ai trouvé qu'un tee-shirt blanc à enfiler. Pour le reste, c'était jean ou jean. J'ai choisi un jean. Avec mes baskets blanches, j'avais bon dans les parties basses.

J'ai dévalé les escaliers. À l'arrivée, j'ai presque embouti Henriette, déguisée en femme à plateau. Un délicat fumet de café et de tartines grillées l'entourait.

– Doucement, la jeunesse ! m'a-t-elle lancé en fronçant les chenilles qui lui tenaient lieu de sourcils.

– Pardon, Henriette, et bonjour ! Mes parents sont encore dans le coin ?

– À bientôt onze heures, y a pas de danger. Ils se baladent en attendant la *basketa*.

Devant mon expression, elle a compris que je n'avais rien compris. Elle a donc ajouté un post-scriptum.

– Le feu d'artifice, quoi, pour donner le signal de départ des festivités.

– Ça commence déjà ?

– T'as le temps d'avaler ton petit déjeuner.

D'un coup de menton, elle a désigné le contenu du plateau.

– C'est pour moi ? ai-je risqué.

– Exact.

Au radar, je me suis installé dans la salle déserte. À travers les vitres, j'apercevais un défilé constant de passants.

– Il y a du monde, on dirait.

Henriette a hoché la tête en posant le plateau devant moi.

– Un monde fou. Cette fête commence à être connue. Depuis qu'elle figure dans certains guides, on connaît des affluences records. C'est bien pour le village, qui est plutôt calme sinon, tu as remarqué ?

– Pour être calme, il est calme, ai-je concédé.

J'ai montré le petit déjeuner qui embaumait devant moi.

– Je crois que je vais attaquer, ça sent trop bon.

Elle a souri sous le compliment en plissant les yeux.

– Au fait, a-t-elle ajouté en désignant un sac en plastique posé sur la chaise à côté de la mienne, on a apporté ça pour toi ; le jeune Marco Bossuet.

Je l'ai ouvert. Il contenait un pantalon blanc de peintre, fauché par Marco dans la garde-robe de son frère, une ceinture et un foulard rouges. Peter, qui avait promis de lui demander de m'en fournir une, avait tenu parole. J'avais ma panoplie. Les vachettes n'avaient qu'à bien se tenir.

Henriette m'a laissé en tête-à-tête avec les tartines que je me suis dépêché d'engloutir. J'ai ensuite rapporté le plateau en cuisine et suis remonté me changer.

En enfilant le pantalon, j'ai vite constaté que le frère de Marco mesurait deux mètres dix et pesait environ trois cent cinquante kilos. J'ai dû serrer la ceinture au maxi et faire trois doubles nœuds pour qu'il ne tire-bouchonne pas aux chevilles. Pas question qu'au bal, le soir, je joue *Le Retour du caleçon Mickey* en plein rock acrobatique. Tant que j'y étais, j'ai roulé le bas sur quinze mètres environ. Je n'ai quitté la chambre que lorsque je me suis senti assez ridicule.

J'allais sortir de l'hôtel, déguisé en clown basque moyen, quand j'ai failli buter contre mon père qui, lui, revenait au bercail. En me voyant, il s'est retenu d'éclater de rire.

– Tu es magnifique, Gaspard !

– Normal, je tiens à vous faire honneur.

– Tu ne connais pas la dernière ? Viens voir.

Me tirant par le coude, il m'a entraîné à l'extérieur et, bras tendu, a imité à la perfection le sémaphore guilleret. J'ai regardé dans la direction indiquée, et j'ai tressailli. Elle était là, garée contre une barrière devant le bureau de poste, ses roues comme deux yeux ouverts braqués fixement sur moi.

– Elle est réparée ?

– Jean-Pierre Pichon m'a appelé ce matin. Il était tellement embêté qu'il a mis les bouchées doubles. Un problème de démarreur défectueux, il paraît que ça arrive…

Mon silence a douché son allégresse. Il a cru bon d'ajouter :

– Mais on ne part pas tout de suite.

– Quand alors ?

– Je ne sais pas. Nous verrons cela ensemble, après la fête.

La lame de la hache s'était arrêtée à dix centimètres de mon cou, j'avais le droit de me détendre.

J'ai montré la Dacia.

– Tu ne devrais pas la laisser là.

– Les gendarmes m'ont dit qu'ils allaient déplacer les barrières.

Nous avons été interrompus par un lointain bruit de pétarades qui a déclenché dans la foule des badauds un tonnerre d'applaudissements et quelques sifflements.

– Ça commence, on dirait.

– Oui. Je te laisse, je vais rejoindre les copains. Et maman ?

– Elle est partie s'acheter une jupe blanche. On passera vous voir à votre stand.

Le cœur lourd, j'ai pris congé et me suis dirigé vers l'emplacement de notre *peña*. Cette Dacia commençait à m'insupporter. Mon destin amoureux était suspendu au bon vouloir de quelques kilos de mécanique capricieuse.

« Quand je serai grand, me suis-je dit, je tiendrai une casse. Rira bien qui rira le dernier ! »

J'ai choisi de ne pas me laisser bombarder par les mauvaises ondes et me suis concentré sur le présent.

Fonlindrey était vraiment métamorphosé par l'événement. Des rangées de grilles contenaient les curieux massés sur le parcours qu'allaient sous peu emprunter des hordes de bovidés sous ecstasy, dans le sillage, si on s'en tenait au programme inscrit sur les affiches essaimées dans le village, d'une sorte de fanfare basque baptisée *tamborrada*. Comme ce nom l'indiquait, les musiciens ne versaient pas dans la dentelle harpiste, mais plutôt dans le zim boum martial. Pour le moment, l'atmosphère était encore saturée de pétards et de fumigènes. Je me suis difficilement frayé un chemin jusqu'au stand.

L'équipe était réunie au grand complet : Thomas, Vitas, Marco, Bastien, Frédéric, Peter, Nelly, Maud, Sophie et Josepha se tenaient en rang d'oignons devant le bar en bois, juste sous la banderole informant que la *peña* des Thugs était prête à répondre aux plus insolites des demandes, pourvu qu'elles se résument à des *txistorras* accompagnées de jacquelines. J'allais encore devoir consulter mon dico français-basque, et supplier un orthophoniste de m'aider à lire la carte.

Ils m'ont accueilli à bras ouverts. J'ai ouvert les miens en retour, avide de goûter en bout de rangée aux joues des filles une fois encore. Dans leur tenue réglementaire, ils en jetaient ! Je n'ai pas étudié en détail celle des garçons, mais celle des filles m'a permis d'approcher sans forcer le record du monde d'apnée.

Il y avait d'un côté Sophie et Josepha, les adeptes du débardeur moulant, et de l'autre Nelly et Maud, les *aficionadas* du chemisier béant. Étant donné que celui de Maud comptait un bouton ouvert en plus (trois au lieu de deux), je me suis un peu attardé dans la région. Lorsque j'ai réussi à décoller mon regard, j'ai cru entendre un bruit de ventouse qu'on arrache.

Dessous, elle portait un soutien-gorge noir. Les gars, vous m'essuyez la bouche si je bave, d'accord ?

À peine remis de cette vision paradisiaque, j'ai croisé le regard de Josepha. Son foulard était de la même couleur que son rouge à lèvres. Elle m'a porté au rouge.

C'était un complot ou quoi ?

– Ça va les fringues ? m'a demandé Marco en briseur de charme.

– Elles me boudinent un peu, mais ça ira, merci…

J'ai entendu le rire de Maud dans mon dos. Étais-je spirituel ou grotesque ? Ou bourré de charme dans ma culotte de Fanfan la Marguerite ?

– On commence quand ? me suis-je informé auprès de Thomas en désignant le barbecue du pouce.

– Pas tout de suite. Y a d'abord les tambours, puis les vaches qui rient. Au fait, tu vas y aller j'espère ?

Les filles se tenaient juste derrière, un stylo rouge en main, prêtes à me rayer de leurs agendas pour dégonflage express.

– Évidemment !

J'ai entendu qu'elles rangeaient les stylos et admiraient mon sang-froid.

– On se marre bien, tu verras !

Coup de bol inouï, j'avais toujours adoré me faire piétiner par des bœufs.

Soudain, les pétards ont cessé d'exploser.

– Fin de la *mascleta* ! a commenté Vitas.

Avec sa « basketa », Henriette avait encore des progrès à accomplir en basque courant.

Des roulements de tambour ont aussitôt pris le relais. Les joueurs, une dizaine, avaient été recrutés parmi la fanfare de Fonlindrey, mais on les aurait dits téléchargés de Bayonne en fichiers joints. Ils ont joué, je crois, des sonates pour grosses caisses de Bach et des concertos pour cymbales de Haydn. Très joli, très fin. Dès qu'ils ont dépassé notre stand, nos tympans ont cessé de saigner. J'en ai profité pour me renseigner sur l'épreuve qui m'attendait.

– Tu m'expliques avec les vaches, là ? ai-je demandé à Thomas.

Frédéric devait avoir une oreille de deux mètres de long et j'avais marché dessus. Ou alors il était équipé comme les dauphins et captait les ultrasons, parce qu'il a surgi de nulle part pour me répondre, impatient de montrer à l'auditoire le niveau de ses connaissances.

– Les vachettes sont lâchées d'un camion qui stationne devant l'église. Excitées par la foule, elles se mettent à galoper le long du parcours délimité par les barrières. Pour les volontaires, le jeu consiste à courir devant et à les éviter quand elles vous foncent dessus en sautant par-dessus les protections. On leur a fixé une fleur entre les cornes. Si tu as le cran, tu peux essayer d'en décrocher un maximum.

Les survivants, ils allaient cueillir des coquelicots dans un champ de mines ? Qu'est-ce que c'était que ce défi d'andouilles suicidaires ?

Penser utile. Ce ne sont que quelques vaches, Gaspard.

Frédéric a fait un pas et, discrètement, m'a glissé :

– Les fleurs, tu les offres aux filles…, a-t-il ajouté d'un air plein de sous-entendus. Mais pas à Josepha.

Et toc, le clin d'œil mutin pour souligner la phrase, relevée d'une onctueuse menace voilée.

– Pourquoi ? Josepha n'est pas une fille ?

Comment ? J'osais lui répondre ? Mais il allait me faire redoubler si ça continuait !

Sa langue bifide a craché une giclée de dédain.

– Tu m'as compris.

La charge héroïque

– Les voilà ! a hurlé quelqu'un dans la foule, interrompant notre fructueux dialogue.

Nous nous étions déplacés avant le début des hostilités jusqu'au bar d'Antoine. Il y avait un peu moins de monde que sur la place, ce qui facilitait les manœuvres d'évitement, et nous n'étions pas loin de l'église, point de départ de la charge des bestiaux. Pas avare de calculs mesquins, je me suis dit que les bêtes n'auraient pas encore eu le temps de bien s'exciter à ce stade de leur épreuve (et de la mienne).

J'ai tout de suite réalisé mon erreur quand j'ai vu débouler sur la largeur de la ruelle le mur de poitrails luisants précédés par les premiers kamikazes, coudes au corps. Le martèlement des sabots sur les pavés transformait le sol en trampoline. Les bêtes étaient au nombre de quinze et ne ressemblaient pas du tout aux paisibles herbivores qui broutent l'herbe tendre dans les prés alentour, ou alors trafiquées par un docteur Jekyll régional. Les monstres que j'ai vus défiler devant moi étaient probablement nourris à la cocaïne et au crack. Assoiffés de sang et de fonds de culotte, leurs gros yeux ronds remplis de folie meurtrière, ils sont passés devant nous comme des bolides, et j'ai pu noter entre leurs oreilles la présence de deux excroissances cornées qui ne ressemblaient pas du tout à des ongles, mais bien à des pieux acérés.

Éberlué, j'ai regardé s'éloigner le troupeau au coin de la rue, poursuivi par des amateurs de blessures graves de plus en plus nombreux.

– On y va ?

J'ai senti une main qui me claquait l'épaule et j'ai vu Thomas écarter une barrière pour se placer au milieu de la chaussée. Hilares, impatients d'en découdre, l'ont rejoint Bastien, Marco, Vitas et un Peter les bras levés qui a commencé à pousser des cris aigus. Seul Frédéric était resté sur le côté, un sourire crispé vissé aux joues. J'ai envisagé un instant de ne pas les imiter, eux, (il fallait bien que quelqu'un reste pour s'occuper des obsèques) et de l'imiter, lui, mais la voix suave de Josepha m'a coupé la retraite :

– Allez, Gaspard, montre-nous ce que tu sais faire !

– Profites-en pour calmer mon frère, a ajouté Nelly, il ne connaît pas ses limites.

Mon cerveau a envoyé des signaux de repli immédiat dont mon corps a refusé de tenir compte, et je l'ai senti me transporter au mauvais endroit, c'est-à-dire près de mes compagnons de souffrance. Le retrait de Frédéric entrait pour beaucoup dans cette regrettable décision.

Les grandes lignes du livre que j'ai aussitôt envisagé d'écrire me sont apparues avec clarté.

COMMUNIQUÉ DE PRESSE

15 août

À paraître

JE PENSE DONC JE FUIS

GASPARD CORBIN

Une brillante réhabilitation de la lâcheté !
Dans cet essai, l'auteur remonte jusqu'à la lointaine Antiquité pour démontrer que des milliards de vies ont été sacrifiées inutilement sur le temple de l'orgueil mal placé.
Il établit avec une remarquable rigueur scientifique que, sur l'ensemble des décès d'humains mâles, 80 % sont imputables à des défis stupides lancés par les femmes.
Il prône une remise à plat de ces pratiques et offre au lecteur en fin d'ouvrage un guide préconisant l'usage élargi de la surdité temporaire pour sauver sa peau.

L'auteur

Gaspard Corbin a exercé plusieurs métiers avant de devenir écrivain : testeur chez Dacia, concepteur de merguez au charbon, clown basque, tête à claques, appât pour vachettes. Il a conçu ce premier texte au CHU de Besançon où il a passé trois mois en rééducation intensive à la suite d'une malencontreuse double fracture du bassin.

15 € prix conseillé

La rue était envahie par une horde de cinglés qui se réjouissaient à l'avance d'être démantibulés par des vaches. La question était : qu'est-ce que je foutais là ? Thomas a posé son bras sur mon épaule.

– Le truc, c'est de faire comme dans une course de relais. Tu te mets à cavaler avant qu'elles soient sur toi, et quand elles se rapprochent, tu te retournes et tu arraches la fleur.

Petit problème de maths, Thomas :

Un adolescent sain de corps et d'esprit se retrouve par hasard devant une horde de bovidés furieux. Une vachette ayant sniffé du crack court environ à la vitesse de 35 km/h, le garçon apeuré à 25 km/h. Sur un circuit long de 1 km, combien de temps pourra-t-il tricoter des gambettes avant de se faire aplatir comme une crêpe ?

Tu n'oublies pas les deux carreaux de marge à gauche.

J'avais plein de questions à lui poser, mais il ne m'en a pas laissé le temps.

– Les voilà, mon pote, ça va déchirer !

Et il a détalé.

J'ai suivi.

Les vachettes aussi.

En jetant des regards éperdus derrière moi, j'ai tout de suite constaté qu'elles étaient énervées. On avait dû leur promettre un casse-croûte parisien qu'elles n'avaient pas trouvé au premier tour. En m'apercevant dans leur ligne de mire, elles ont semblé soulagées. J'en ai même vu qui sortaient des cornichons.

De chaque côté, les visiteurs ravis poussaient des cris gutturaux (mais à destination de qui au juste ?), ils applaudissaient, levaient les bras, agitaient de petits drapeaux rouges.

Entouré de sprinters, je me suis brûlé les poumons dans le sens des aiguilles d'une montre, atteignant la place Fontaine (comme le temps passe vite quand on ne s'ennuie pas !), le Lion d'Or, la poste (avec mon père devant sa voiture, frappant du plat de la main sur ses cuisses et s'égosillant pour m'encourager), la bibliothèque, la boucherie puis le virage qui allait me ramener au Rendez-vous des amis sans avoir été rattrapé.

Seulement, derrière moi, les galops se rapprochaient, accompagnés de mugissements teigneux. Je pouvais sentir l'haleine fétide de la meneuse me réchauffer la nuque. J'ai constaté, un que nous allions nous trouver à la hauteur des filles et qu'il convenait donc d'agir sans tarder, deux que mes poumons trop sollicités devaient ressembler à des pruneaux. À bout de forces, j'ai donc ébauché la figure thomasienne de la volte-face torsadée avec main plongeante vers la fleur de vache. De son côté, la vache a exécuté son spécial, le contre-pied vicieux avec coup d'épaule en piston.

Tiens, je vole !

Sous l'effet du choc, et emporté par mon élan, je suis allé me fracasser contre la porte d'un garage et suis resté quelques instants à dégouliner sur le battant.

La vache 1, Gaspard 0.

– Gaspard, ça va ? a crié une voix féminine de l'autre côté de la ruelle.

En guise de réponse, je me suis relevé, j'ai épousseté mon pantalon et, d'abord marchant, puis trottinant, j'ai crânement réintégré le flot des candidats au rapprochement hommes/bêtes. Passé le virage suivant, je me suis cassé en deux pour reprendre mon souffle, comme si je l'avais laissé tomber par terre.

Je transpirais tellement que le principal risque que je courais était de mourir noyé. J'ai essuyé mon visage avec le bas de mon tee-shirt et me suis redressé. Autour de moi, la poursuite battait toujours son plein, à la différence que le peloton de vachettes s'était désagrégé. J'en voyais une passer de temps en temps, elle donnait un coup de tête à droite, un coup d'épaule à gauche et continuait sans se préoccuper des conséquences de ses actes. J'ai réintégré le courant en me creusant la cervelle. Je devais impérativement récupérer une fleur. Une vachette vénale accepterait-elle de m'en vendre une ?

Peter m'a doublé, le tee-shirt déchiré dans le dos et aussi dépeigné que si la foudre l'avait touché. D'une main, en pleine course, il flattait le flanc d'un animal qui refusait manifestement de ronronner. La perverse lui a fait une queue de poisson (ces vachettes étaient capables de tout) qui l'a envoyé se crasher dans une rangée de bacs à fleurs. Il allait pouvoir en rapporter, lui, mais pas les bonnes.

J'ai guetté le passage des copains, et apprécié leurs styles. Bastien pratiquait le zigzag prudent en limitant les prises de risques, Thomas et Vitas se poussaient mutuellement sur les bêtes en riant et Marco tentait de grimper sur le dos de la meneuse qui m'avait éperonné.

Fasciné par le spectacle, je suis arrivé sans m'en rendre compte une nouvelle fois devant la poste. Là, j'ai revu mon père. Pris par l'ambiance, il multipliait les incursions sur la trajectoire des bêtes. Enivré par sa propre hardiesse, il agitait son drapeau rouge sous le nez de chaque vachette en les défiant de la voix et, au moindre signe de changement de direction, reculait pour se mettre sous la protection d'une barrière.

Qu'est-il arrivé ? Est-il tombé sur une vache qui comprenait notre langue ? Ou une avec des problèmes d'oreille interne ? Toujours est-il que, brusquement, une des cibles de ses provocations, répondant à son appel, a foncé droit sur le drapeau qu'il remuait.

J'ai lu de la panique dans ses yeux (et imaginé une joie démoniaque dans ceux de la vache).

Il a reculé le plus vite possible, mais dans son mouvement pour déplacer la barrière, il s'est montré si nerveux qu'elle s'est renversée. Il a continué à reculer jusqu'à s'appuyer contre une voiture sur laquelle, tel le martyr, il a posé ses bras en croix. La vachette s'est dit : « Tiens, et si je l'empalais pour me marrer ? » Elle a baissé la tête et l'a visé sans ralentir sa course.

Papa, je t'avais dit de ne pas te garer là !

Bien inspiré, il s'est écarté à temps (olé !) pour que la vachette puisse correctement défoncer la portière avant de notre Dacia. D'ailleurs, furieuse d'avoir raté sa cible, elle en a remis un coup, puis deux ou trois, avant de reprendre sa place dans le manège.

Lorsque je suis arrivé vers papa, il se frottait la tête, perplexe, en prenant la mesure des dégâts. Peut-être s'interrogeait-il déjà sur la case qu'il lui faudrait cocher en établissant le constat d'assurance.

– Tu n'as rien ? ai-je demandé.

– Non, non, mais la voiture a dégusté, on dirait.

Puis, après un temps, il a poursuivi :

– Je me demande pourquoi cette bête m'en voulait tellement.

– T'as peut-être mangé un morceau de sa mère le dimanche avant qu'on parte…

– Comment l'aurait-elle appris ? a-t-il plaidé en me regardant droit dans les yeux.

J'ai tordu la bouche, puis baissé les yeux, ne sachant quoi répondre. Alors mon cœur a fait un bond.

Elle était là, à mes pieds, attendant sagement que je la cueille sur le bitume. En s'acharnant sur notre véhicule, la vachette avait décroché la fleur fixée en haut de son crâne. Je devais à l'inconscience de mon père de détenir la preuve de mon courage.

Je l'ai ramassée, c'était un œillet.

– Papa, ai-je dit en prenant congé, en réalité, elle voulait juste t'offrir des fleurs.

J'avais parcouru dix mètres quand je l'ai entendu me lancer :

– Gaspard, pas un mot à ta mère, hein ?

J'ai effectué à petite allure mon tour d'honneur, digne sous les vivats de la foule en délire, et je suis bientôt revenu à mon point de départ alors même qu'on invitait les animaux à remonter dans les camions. Vous avez passé un bon moment ? Alors en route pour la boucherie !

Les Thugs m'avaient précédé. Ils étaient regroupés, transpirant à grosses gouttes. Je devinais qu'ils partageaient à chaud leurs impressions.

Sur le chemin, une question m'avait taraudé. Qui allait accrocher mon trophée dans ses cheveux ? Spontanément, j'avais pensé à Maud. Je voulais voir cette fleur au fond de ses yeux. Mais en la donnant à Josepha, je m'offrais le spectacle d'un Frédéric décomposé. Très tentant.

Il était probable que chaque participant à cette folle corrida ne rêvait que de rapporter une fleur à Josepha. Il peut m'arriver d'être comme tout le monde. Et puis, ne m'avait-elle pas poussé à faire mes preuves ?

– Alors, le bilan ? ai-je demandé en intégrant le groupe.

– Rien de cassé ! s'est vanté Peter sous le regard furieux de Nelly.

– Tu feras mieux l'année prochaine, a-t-elle glissé d'un ton grinçant.

Frédéric m'a défié du menton.

– Et toi ?

J'ai exhibé mon œillet sans triomphalisme excessif, mais je n'ai pu faire l'économie d'un sourire satisfait.

– Bravo, a-t-il concédé d'un air pincé.

Je ne voyais pas Maud, elle semblait avoir disparu, mais j'ai croisé le regard de Josepha.

– Pour une première participation, c'est impressionnant, a-t-elle dit.

Je n'ai pas réfléchi davantage et je lui ai tendu la fleur.

– Garde-la en souvenir.

Elle m'a remercié en inclinant la tête, l'a prise et l'a longuement sentie.

– Allez, tous à la *peña* ! a ensuite ordonné Thomas. Maud est toute seule là-bas.

Elle n'avait pas attendu mon retour. Et moi qui avais hésité pour la fleur…

Le jour où j'ai rencontré l'amour

Maud était à son poste. En nous voyant approcher, elle a semblé soulagée. La foule, que les jeux Intervilles avaient mise en appétit, commençait à s'amasser près de la *peña* des Thugs avec aux commissures des lèvres des filets de salive de trois mètres de long. Nous avons contourné le bureau d'accueil et pris nos places, exactement comme si, plus tard, nous devions tous travailler dans la même succursale de la Société Générale.

Dans l'urgence, nous n'avons pas échangé une parole. J'avais prévu de lui expliquer pourquoi elle n'avait pas eu l'honneur de mon œillet. Encore que je ne lui devais rien. Je préférais seulement anticiper une éventuelle réaction déçue. Mais était-elle déçue ?

Avant de se consacrer à la clientèle, elle a tourné la tête vers moi. Deux éclairs noirs ont illuminé son regard. Puis elle m'a oublié.

D'accord, il était possible qu'elle soit déçue.

Je n'ai pas eu le temps de m'interroger

davantage parce que je me suis retrouvé promu au rang très envié de préposé aux jacquelines. Cette boisson composée de grenadine, de limonade et de vin blanc avait probablement été conçue par Dracula pour être servie en apéro dans son château des Carpates. Outre que son aspect était répugnant, son goût était infect. Les gens en redemandaient.

Ô mystère des gens...

Qu'importait, notre tiroir-caisse n'arrêtait pas d'ouvrir la bouche et d'avaler ses euros sonnants et trébuchants.

Côté personnel, l'équipe assurait. On donnait l'impression de tourner une pub pour Manpower. À l'autre bout du comptoir, les toasts au jambon partaient comme des petits pains.

J'aurais pu couler des heures heureuses quand on m'a tapoté l'épaule.

– Tu me files un coup de main au barbecue ?

Seul Teddy Riner pouvait refuser quelque chose à Bastien. Je n'en avais pas les moyens physiques.

– Avec plaisir !

Puisque j'étais coincé, j'avais tout à gagner à surjouer l'allégresse.

Nous avons coulissé jusqu'au fût de Seveso, frôlant au passage les dos féminins affairés au comptoir. De bonnes âmes avaient déjà préparé le lit de braises. Le souvenir de mon fiasco dans le jardin de Peter a fait remonter à la surface une poignée de contrariétés que j'ai refoulées illico. Nous ne sommes pas condamnés à répéter l'histoire. Sur une table s'alignaient des régiments de *txistorras* prêtes pour leur ultime voyage. Tels de minuscules chefs indiens, elles s'apprêtaient à rejoindre le Grand Esprit sur leur bûcher mortuaire. Muni d'une fourchette géante, j'ai commencé à leur piquer les flancs en prévision de la promenade, puis j'ai couché les premières sur la grille rougeoyante.

Ainsi commença mon long voyage dans les fumées toxiques.

Je les ai vite regrettées, les jacquelines, avec leurs bulles propres et leurs eaux stagnantes inodores. À peine déposés, les chorizos sacrificiels se tordaient de douleur en expulsant de leurs plaies béantes des gargouillis graisseux qui alimentaient les flammes du charbon de bois. Il fallait les rouler en vitesse de la pointe de la fourchette en inscrivant un C qui voulait dire « chorizo ». Puis remplacer les cuits par leurs frères crus.

– Personne n'aurait des manchons en amiante ?

Mon appel déchirant n'a recueilli que de vagues détournements de tête circonspects. Chacun était très occupé, et le message était limpide : va pourrir en enfer !

J'y étais, merci à tous et à charge de revanche.

Je ne sais pas comment il s'était débrouillé,

mais Bastien se contentait de déposer les carcasses fumantes dans des morceaux de baguettes éventrées et de les servir, tout sourire dehors, aux nombreux amateurs.

L'odeur est vite devenue insupportable. Le soir, au bal, j'allais partir avec un handicap.

La plaisanterie a duré longtemps, jusqu'à extinction des réserves. Dans mon dos, on se bâfrait sans vergogne. J'entendais parmi la clientèle le cliquetis des mandibules broyeuses. Les haut-parleurs installés dans les rues du village diffusaient les plus grands succès d'Abba. *Knowing Me, Knowing You, (hon hon), When I Kissed The Teacher, Gimme ! Gimme ! Gimme… !*

Mes parents se sont présentés au ravitaillement. J'ai vu ma mère qui passait en revue les filles du groupe avec l'air de se demander laquelle rêvait de mettre le grappin sur son beau gosse de fils.

Mon père, lui, n'avait d'yeux que pour les toasts. Il en a mordu un et levé les yeux au ciel, isolant les saveurs sur la palette chatoyante de ses papilles gustatives. Il s'est vite rendu compte qu'avec du saumon élevé en Franche-Comté posé sur un morceau d'éponge, on ne pouvait obtenir de miracle, surtout quand il est noyé sous une couche de mayo en tube.

Il a évité d'en reprendre un autre, préférant poursuivre ses expériences au rayon jacquelines (produits naturels garantis).

– Tu n'étais pas préposé aux grillades ? m'a-t-il demandé en trempant ses lèvres dans le verre que venait de lui tendre Sophie.

– Si, mais je suis en rupture de stock.

– Dommage, a-t-il publiquement regretté.

– Ne sois pas trop déçu. Une fois sur deux, les clients nous rapportaient leur saucisse parce qu'ils avaient trouvé un morceau de doigt dedans.

– Parfois ça donne du goût.

Il a grimacé en plongeant un regard perplexe au fond de son verre en plastique.

– C'est immonde, ce truc !

– On n'a pas réussi à le boire, c'est pour ça qu'on le vend. Vous faites quoi maintenant ?

– Ta mère veut voir la démonstration de pelote basque.

– Ils ont choisi l'arrière de la mairie comme fronton, il me semble.

– C'est ce qu'on m'a dit. Je vais où ?

J'ai tendu le bras au sud-est et il a disparu dans la foule. Regardant autour de moi, j'ai constaté qu'il n'était pas le seul. J'ai frappé sur l'épaule de Vitas qui commençait à briquer le comptoir, c'est-à-dire à jeter dans un sac-poubelle noir les verres en plastique qui s'étaient amassés.

– Maud et Frédéric sont partis ?

Manifestement, je le lui apprenais. Il a tourné la tête plusieurs fois pour explorer chaque côté de la *peña*, ce que j'avais déjà fait avant. Ce type ne m'était d'aucune utilité.

– On dirait bien, a-t-il logiquement conclu.

– Merci, Vitas. Et j'espère que nous aurons un jour l'occasion de collaborer sur une autre enquête, toi et moi. On forme une sacrée équipe !

Il a plissé le nez avec, disons, ostentation.

– Qui c'est qui pue comme ça ?

– Vitas, nous ne sommes que deux. Et si tu me poses la question, c'est que tu penses que ce n'est pas toi, non ?

– Si.

– C'est moi.

– Faut que tu fasses quelque chose. Sinon tu vas mourir célibataire.

– J'envisage fortement de prendre une douche à l'hôtel. On n'a plus besoin de moi ici ?

Vitas a réitéré son spécial, le coup d'œil circulaire, avant de répondre :

– On va fermer boutique. Le coup de main, ce sera ce soir, pour le démontage.

– Bien. On se retrouve plus tard ?

Il a acquiescé et repris son activité d'éboueur.

J'allais m'éclipser quand un léger courant électrique a parcouru mon être ; je venais de croiser le buste de Josepha. Plaqué par la sueur prolétaire sur sa peau moite, son débardeur ne cachait rien de l'absence de vêtement qu'elle portait en dessous. De sauvages visions de dunes de sable modelées par le vent et de douces collines d'Auvergne ont colonisé mon esprit.

J'ai levé un peu les yeux et constaté qu'elle paraissait elle aussi s'inquiéter de la disparition de son Frédéric. J'ai failli en profiter pour la rejoindre, mais une simple respiration par le nez m'a recommandé d'ajourner l'opération.

J'avais toute la soirée pour donner à mon charme l'occasion de porter sur cette créature fragilisée la décisive estocade. Autant ne pas gâcher mes chances en lui donnant l'impression d'avoir mâché du rat en décomposition.

J'ai donc rejoint le Lion d'Or pour une toilette en profondeur. J'ai déclenché l'opération gant de crin et savon Le Chat vanille, longuement frotté mon épiderme sous la douche en sifflotant, je me suis ensuite astiqué les aisselles au stick large senteur marine, lavé les dents, peigné, rhabillé en civil (jean et tee-shirt en boule déboulé) et c'est en GI Joe que je suis réapparu dans la foule des estivants basquoïdes, tout regonflé par un moral et un physique de *killer*.

Petites conversations entre amis

Mes pas m'ont ramené vers la *peña* des Thugs que j'ai trouvée déserte. Les amis avaient dû s'égailler dans la foule, à moins qu'une descente des services de l'hygiène ait précipité la débandade. Je n'ai pas eu à chercher longtemps pour en retrouver certains. De la terrasse du bistrot, prise d'assaut, Thomas et Vitas m'ont hélé.

Une minute plus tard, j'étais assis à leurs côtés.

– T'as carrément changé de corps, on dirait ! m'a lancé Vitas en approchant son nez de ma personne.

– Disons que j'ai réussi à me libérer des griffes du Chorizo masqué.

– On s'est fait beau pour le bal ? a enchaîné Thomas en me réservant un clin d'œil complice.

J'ai haussé les épaules. Plutôt crever que d'admettre qu'il n'avait pas tort, c'est ma devise. J'ai demandé :

– Ce bal, il commence quand ?

– À dix-neuf heures, m'a répondu Thomas.
– Les Thugs ne sont pas à l'affiche ?
– Non, on a perdu toutes nos partitions de Dave.
– Ça craint tant que ça ?
– Encore un petit peu plus.
Le serveur a posé deux pressions sur notre table. J'ai commandé son triplé.
Curieux ce que je me sentais bien. Je voyais pour la première fois comme des intrus ces inconnus arpentant la place de la fontaine d'ordinaire si vide. Oui, Thomas, Vitas et moi étions chez nous, pas eux. J'appréciais leur présence, mais je sentais que j'allais aussi apprécier leur départ, plus tard.
Je me suis tourné vers mes amis.
– Elles sont où, les filles ?
Ils ont échangé un regard amusé. J'ai fait le surpris.
– Quoi ?
Thomas a souri.
– Qui en particulier ?
– Je ne sais pas…
– Josepha ?
– Par exemple, oui…
Ils se sont esclaffés.
– Par exemple, a répété Vitas en imitant mon ton détaché.
– Pourquoi vous vous marrez ?
– Parce que Josepha a l'habitude de rendre

dingues tous les mecs qui débarquent ici ! Tu ne fais pas exception.

Je me suis défendu mollement. Très mollement, même, car j'ai vu l'occasion de partir à la pêche aux scoops se présenter. Il s'agissait de ne pas la laisser passer.

– Et vous croyez que c'est réciproque ?

Voilà, j'avais lâché le ballon-sonde, je n'avais plus qu'à attendre que le garde-côte vienne me repêcher. Il n'a pas tardé. Le capitaine Thomas était à la barre.

– Je vais te dire, Gaspard. Josepha est une citadelle dont les remparts sont en papier. Mais faut s'accrocher pour entrer dans le donjon !

Thomas venait d'inventer l'image métaphorique hyperbolique en 3D. J'en avais pour quinze jours à décoder son message.

Vitas a pris le relais.

– Attention, c'est une fille géniale et on l'adore. Seulement, on ne sait pas ce qu'elle cherche. Elle non plus, je pense. Frédéric commence à le comprendre.

– Elle est trop belle, a renchéri Thomas, avec un air sincèrement navré. Elle aveugle les mecs, et ensuite, elle leur reproche de ne pas la voir telle qu'elle est. Cherchez l'erreur.

– C'est une inquiète, a ajouté Vitas.

La troisième pression est arrivée. Déjà chaude dans le verre.

– Je vais te dire encore un truc, Gaspard, a

repris Vitas, et parce que je t'aime bien. Ouvre un peu les yeux et ne passe pas à côté de ta chance.

Je l'ai regardé comme s'il venait de me traduire une chanson des Ramones en grec ancien. Compte tenu de ce qu'ils venaient de m'expliquer sur Josepha, je comprenais mal qu'ils m'incitent à me brûler les ailes.

– Les gars, vous en avez trop dit ou pas assez.

– Exact, a convenu Thomas. On en a trop dit.

– J'aurais préféré pas assez mais bon…

La séquence confessions était close. Nous avons fini nos bocks et parlé d'autre chose. Thomas entamait en septembre son tour de France du compagnonnage par un stage à l'école Boulle, place de la Nation. Il m'a interrogé sur la vie parisienne, je lui en ai touché deux mots rapides et objectifs (imagine Dijon multipliée par cent et plongée dans un accélérateur de particules). Vitas tirait un peu la tronche, il redoublait sa première et s'inquiétait pour l'avenir des Thugs. Il s'inquiétait plus pour l'avenir des Thugs que pour son redoublement d'ailleurs. Son avenir, il le projetait mieux en star du rock qu'en étudiant à la fac de Villetaneuse. J'ai lancé à Thomas :

– Dès que tu débarques, appelle-moi ! Je te montrerai les bons coins.

– Tu parles comme si tu devais partir demain !

– Je pars demain.

Rien que de le dire, j'en avais des aigreurs.

– Votre bagnole est réparée ?

J'ai repensé à l'épisode de la corrida diabolique.

– Le moteur, oui, ai-je éludé.

– Alors il faut espérer qu'il retombe en panne, a lancé Vitas en souriant.

J'ai apprécié. Mes deux compagnons de bières se sont alors levés.

– On te laisse un moment, a dit Thomas. Nous aussi on doit se faire beaux pour le bal.

– On va déjà essayer de se faire propres... Rendez-vous sur la piste ?

– On mange où ?

Thomas détenait l'info.

– Tu verras, autour du chapiteau, le comité des fêtes a installé des tables pour grignoter.

Je l'avais repéré à la sortie du village, sur la route de Charville. J'avais d'abord pensé qu'un cirque y donnerait une représentation.

– C'est quoi le menu ?

– Saucisses-frites et sandwichs.

Encore des saucisses ! Dans deux générations, les habitants du coin naîtraient tous avec un groin.

– Vous me gardez une place, mais pas trop près du barbecue...

Ils allaient partir quand j'ai interrompu leur mouvement.

– Hé, les gars !

– Oui, a dit Thomas en se retournant.
– Je voulais savoir…
Un blanc. C'était gênant.
– Quoi ? a insisté Vitas.
– Voilà. Quand je suis arrivé… Je ne vous ai pas paru un peu con ?
Thomas n'a même pas fait semblant de réfléchir avant de me répondre.
– Si…
Heureusement qu'un sourire a suivi, sinon j'aurais viré au rouge pivoine jusqu'à la fin des temps.
– … Mais pas trop longtemps. Un type qui connaît McMurtry ne peut pas être foncièrement mauvais.
J'ai répondu à son sourire et nous en sommes restés là. Ils m'ont salué et laissé seul au milieu de la foule.

Je ne me suis pas éternisé en terrasse. J'avais le temps de me promener un peu. J'ai réglé les trois bières (à charge de revanche, les gars !) et je suis parti en goguette.
La fête battait son plein. Des stands hétéroclites avaient envahi le bourg, on pouvait acheter des tonnes de confiseries au E357, se procurer des bijoux artisanaux (ce sont des bijoux qui ressemblent à des vrais, sauf qu'ils tombent en morceaux en une semaine chrono

et deviennent noirs à la première goutte de pluie) ou de la charcuterie, évidemment. J'ai croisé une *banda* emmenée par Mikel Etcheverria qui soufflait dans son *txistu* comme s'il était bouché.

Je commençais à m'inquiéter de ne pas revoir mes compagnons de *peña* quand j'ai repéré la tache rousse des cheveux de Bastien dans le périmètre du fronton de pelote. Autour de lui, j'ai reconnu Sophie, Nelly, Marco et Peter. J'ai fendu la foule jusqu'à eux.

– Alors, ça pelote sec ?

– Ce n'est pas pelote, mais trinquet, m'a corrigé Peter. Tu vois, ils frappent à la main nue.

– Toi, t'as parlé à Frédéric il n'y a pas longtemps !

– Comment tu le sais ?

J'avais reconnu le phrasé Julien Lepers derrière l'explication de texte.

– Il n'est pas dans les parages ?

– Je l'ai croisé en venant ici.

– Maud et Josepha étaient avec lui ?

Il a secoué la tête négativement, absorbé par le spectacle de deux autochtones en short frappant comme des mules dans une balle minuscule.

– Tu ne veux pas essayer avec moi ? a suggéré mon camarade britannique.

– J'ai déjà failli me faire bouffer par des vaches, je n'ai pas envie que des hématomes transforment mes jolies mains en moufles.

Où étaient-ils donc passés ? Dans un trio,

quand il y a deux filles et un garçon, il y a une fille de trop (sauf si je suis le garçon en question).

J'ai senti que montait en moi un mélange d'agacement et d'exaspération. Je digérais mal ma conversation avec Thomas et Vitas, cette idée qu'avec Josepha j'avais une carte à jouer, cette phrase ambiguë sur laquelle ils avaient conclu, la disparition de Maud en même temps que celle de Frédéric tout à l'heure, l'urgence qu'il y avait à défaire ces nœuds, j'étais au bord de l'implosion.

Peter a capté mes signaux de détresse et m'a proposé une bière à la buvette la plus proche. Toutes les occasions sont bonnes…

Je n'aurais pas dû accepter.

On se tenait accoudés à un comptoir branlant, face à un débitant d'alcool qui avait dû être nommé plusieurs fois citoyen d'honneur de la glorieuse cité de Kronenbourg. Le genre de type pour qui, le jour de son enterrement, on inscrit sur les parois de la bière dans laquelle on le dépose un touchant « Bienvenue à la maison ». Les gobelets étaient tellement fins qu'il fallait se dépêcher de boire de peur qu'ils ne se dissolvent.

– Elle est belle Josepha, hein ? a attaqué Peter d'entrée.

– En effet.

Il avait sorti la reine, j'ai répondu par un pion central. Prudence…

– Je crois que tu plais à elle.

Je n'avais pas mon Grévisse sous la main, j'ai laissé tomber.

– Comment le sais-tu ?

Il a balayé l'air de sa main, une façon de dire : « Ces choses-là se devinent. » Mais on pouvait tout à fait l'interpréter comme : « Je dis n'importe quoi, ne fais pas attention. »

– Je vois, ai-je répliqué dans le doute.

– Moi, c'est Maud qui me fait fendiller.

« Craquer », Peter, ça suffira. *To crack*.

– Je la trouve pleine de charme, très attirante… et j'aimerais bien…

– Tu veux une autre bière ?

– Hein, quoi ?

– Une autre bière ? Ça te tenterait ?

Dès qu'on posait un point d'interrogation derrière le mot « bière », Peter répondait oui. Il n'a pas dérogé à la règle et le serveur, en fonctionnaire intègre, nous a resservis.

J'ai profité de l'interruption pour brancher Peter sur une voie de garage. J'ai ainsi appris qu'il étudiait vaguement l'économie à Buckinghamshire, un établissement à une quarantaine de kilomètres de Londres, et qu'il logeait à la résidence attenante, une sorte de campus du nom de Newland Park, dans un placard coquet qu'il partageait avec sa sœur. J'étais invité à débarquer quand je voulais. Sympa.

Plus sympa que de l'entendre parler de Maud.

Si j'avais pu, j'aurais interdit à ce prénom de sortir de sa bouche. Surtout enrobé dans un suc libidineux comme un bonbon écœurant. Il s'apprêtait à dire des choses que je n'avais pas envie d'entendre. J'aimais bien Peter. Le mieux était de couper court.

Peter rêvait toujours d'essayer la pelote. Il était friand d'expériences. Ou alors il n'avait pas l'intention de se servir de ses mains au cours des cinq prochaines années. Je l'ai laissé partir et j'ai continué à errer, surfant sur des odeurs croisées de barbe à papa et de sucre d'orge.

L'heure du bal approchait. Maud et Josepha répondaient absentes. Frédéric aussi. Et ma gorge ne cessait de se serrer.

Journal (extrait)

Je suis seule au milieu de la foule. Emprisonnée entre des cloisons de verre qui ne me cachent rien de la vie extérieure, mais me maintiennent en retrait. Je pose parfois mes mains sur les vitres, elles sont froides.

De temps en temps, un garçon s'arrête et croise mon regard, un peu surpris de me découvrir ; il s'attarde, mais ce qu'il me confie est étouffé par l'épaisseur des parois.

Dehors, la fête bat son plein.

J'aime les fleurs qui poussent aux mufles des vachettes, les déclarations qui se perdent, les bals quand on ne me les loge pas en plein cœur. Ces phrases pointues que j'égraine s'enfoncent en moi et me font souffrir car elles dessinent le territoire du manque en pointillé.

C'est avec appréhension que je vais maintenant rejoindre mes amis. J'ai dû les quitter tout à l'heure, à cause de lui que je ne peux nommer de peur qu'il ne s'en aille. Sous le chapiteau passeront des caresses qui m'attraperont peut-être s'il est dit que la vie est bien faite et qu'on peut plaire à ceux qui vous plaisent.

Dans le cas contraire, j'écrirai du bout d'un doigt ce journal sur les parois de ma prison de verre jusqu'à ce que des mots en diamant y découpent une meurtrière.

Combien de temps encore ?

La minute où j'ai rencontré l'amour

Vous prenez Johnny au Parc des Princes, vous remplacez le Parc des Princes par un chapiteau de cirque Pinder, et Johnny par une formation de recalés de *The Voice* et vous obtenez le grand bal populaire de Fonlindrey.

L'orchestre de Jean-Michel Gibson s'était installé dans l'après-midi et avait commencé par faire fuir tous les oiseaux du département en accordant ses instruments (j'ai même vu un étourneau, sorte de petit cui-cui assez banal, atteint par un couac de *si* bémol, exploser en plein vol). À un certain moment, aux environs de dix-neuf heures trente, sans qu'une oreille humaine puisse déceler une once de changement probant, Gibson a décrété que c'était bon, qu'ils pouvaient envoyer la sauce.

On en a reçu plein la chemise, attablés que nous étions déjà près de la scène. En face de moi, Thomas et Vitas ont plissé les yeux dans l'espoir de se boucher les oreilles, mais ils ont vite compris que les deux actions n'étaient pas physiquement corrélées.

Au démarrage des festivités, la Thug's Band était déjà au complet. Nous avions eu droit, dans un premier temps, à de la guinguette pur jus, ce qui avait attiré sur le parquet d'anciennes générations et permis à la nôtre de rester encore un peu assise. Étant un des premiers sur les lieux, j'avais accueilli, dans l'ordre, les amateurs de pelote, avec un Peter dont la main droite avait doublé de volume et une Sophie qui avait enfilé sa tenue noire de prédilection, Frédéric, Thomas et Vitas, Maud et enfin Josepha. Je me suis donc retrouvé assis loin de ces deux dernières. Mauvaise pioche.

Les disparus avaient opéré un crochet par leurs domiciles respectifs afin, tout simplement, de récupérer de leurs efforts, de recharger leurs batteries et de se changer. Frédéric s'était préparé en enfilant un Lacoste et un costume en lin beige. Depuis la *Chevauchée des vaches qui rient*, nous nous évitions. Aussi ne m'a-t-il pas demandé ce que je pensais de sa tenue ridicule. C'était aussi bien.

Josepha crevait l'écran dans un bustier en stretch posé sur elle comme une seconde peau. Quant à Maud, elle avait choisi un jean pattes d'eph et passé un chemisier blanc en tous points semblable à celui qu'elle portait pendant l'atelier restauration du midi, le « tous points semblable » concernant le décolleté trois boutons au bord duquel un vertige érotique vous saisissait.

La foule se densifiait au fur et à mesure que la soirée avançait. Les rencontres furent multiples : mes parents, accompagnés d'une Henriette en tenue de gala, Antoine (sans son torchon) et les parents Townsend près de la buvette.

– Bonsoir, june hôme ! m'a apostrophé la mère en me découvrant sur le trajet de sa polka. Comme vous êtes habillé, j'ai faille ne pas vous loueconnaîtwe !

Très drôle.

Je faisais partie des volontaires qui charriaient à notre table les barquettes de saucisses frites qui allaient nous aider à tenir la distance. Peter avait proposé d'apporter les bières et même accepté d'y adjoindre des sodas, montrant ainsi que son ouverture d'esprit n'avait pas de limites.

Nous avons dû aussi saluer une flopée d'inconnus qui gravitaient autour de notre tablée, des connaissances des villages alentour attirées par l'événement. J'ai constaté qu'ils tenaient surtout à saluer la gent féminine en prévision de la vague de slows qui allait tout emporter sous le chapiteau plus tard dans la soirée. En quelque sorte, ils marquaient leur territoire. Je les ai méprisés avec le rictus hautain des grands prédateurs.

Je suis quand même parvenu à approcher Maud entre deux plateaux-repas et à m'asseoir sur la chaise de Marco qui était parti à la chasse. Elle m'a concocté, en guise de bienvenue, un regard par en dessous qui a fait fondre mes fusibles.

– Tu ne trouves pas que ça sent le chorizo ? m'a-t-elle demandé.

J'ai reniflé mon avant-bras.

– Ne parle pas de malheur ! Je me suis frotté jusqu'au sang la couenne au papier de verre ! C'est vrai ?

– Non, a-t-elle lâché en éclatant de rire. Mais tu commences à sentir la frite.

– Je suis maudit.

Nos regards se sont enroulés l'un à l'autre tandis que je poursuivais :

– Je t'ai cherchée dans l'après-midi. Je commençais à m'inquiéter, d'ailleurs.

– Vraiment ?

– Oui. Mais tu t'étais évaporée.

– Je suis repassée chez moi. J'étais crevée, et puis je devais me faire belle.

– C'est réussi.

– Merci.

– À la base, tu ne devais pas avoir beaucoup de travail, remarque…

Elle a incliné la tête, un peu gênée.

– Je n'ai pas eu le temps de te demander tout à l'heure, a-t-elle enchaîné vivement, les vachettes ?

– Je l'ai su après, mais à New York, don Toroleone, qui avait lancé un contrat sur ma tête, a fait appel aux plus impitoyables de ses vachettes à gages pour me flinguer à Fonlindrey.

Elle a feint une terreur panique et posé sa main sur sa bouche. C'était la seconde fois en comptant la balade aux aurores vers le garage Pichon. J'adorais.

– Ne t'inquiète pas, l'ai-je rassurée, je suis encore là. On ne peut pas en dire autant des quadrupèdes concernés.

– Et tu as réussi à décrocher une fleur ?

J'ai marqué un temps d'arrêt prudent, camouflé derrière un sourire incertain. Maud était une spécialiste de ces questions à double fond. Cette fois, dans le ton qu'elle avait employé, j'avais perçu un écho de souffrance, comme si sa question l'avait coupée et qu'elle saignait un peu, mais je manquais de temps pour peaufiner une réplique anesthésiante. Mon regard s'est porté de l'autre côté de notre table, vers Josepha qui exhibait comme un trophée dans ses cheveux l'œillet que je lui avais offert. Il aurait fallu être doté d'un Q.I. de coquille Saint-Jacques pour imaginer qu'il avait échappé à Maud.

– Oui.

Inutile de m'appesantir. Je sentais déjà que je jouais à Godzilla dans un magasin de porcelaine. Maud s'est contentée, en apparence du moins, de cet embryon de réponse et l'arrivée inopinée de Peter m'a sauvé la mise. Sans aucun égard pour ma personne (eh, Peter, on n'est pas au musée Tussauds !), il s'est penché vers elle et, sans que je puisse rien entendre, lui a glissé au creux de l'oreille une phrase qui l'a beaucoup fait rire. Lâchement, j'en ai profité pour me lever.

Pourquoi n'avais-je pas avoué à Maud que cet œillet n'avait aucune espèce d'importance, que je l'avais donné à Josepha pour la simple raison qu'elle était là ? Et qu'en outre une bonne raison d'énerver Frédéric ne se refusait jamais ?

J'ai repris ma place, échangé quelques mots avec les uns les autres que je sentais taraudés par l'envie de bouger. Et puis hop, à la fin d'une série de valses destinées à rassembler les générations, on a commencé à investir la piste en reconnaissant les premiers accords de *Smooth* de Carlos Santana.

Je ne suis pas ce qu'on appelle un grand danseur. Je ne suis même pas ce qu'on appelle un danseur. Pourtant, j'ai laissé parler mon corps, ce qui donnait, dans les meilleurs moments, un kangourou s'empêtrant dans les fils électrifiés d'une clôture aux environs de Canberra. J'ai compensé mon absence de technique par une fougue de Saint-Guy. J'étais, il est vrai, galvanisé par les rires que déclenchaient chez Maud mes impros. Dans le même temps, je buvais des yeux la grâce qu'elle déployait conjointement avec Josepha sur une musique qui ne les méritait pas.

Je n'aurais pas couru acheter les disques de Jean-Michel Gibson si par malheur il en avait enregistré, mais je dois reconnaître qu'il assurait, en ce sens que sa musique ne nous empêchait pas de bouger. La chaleur aidant, nous allions nous ravitailler en boissons fraîches. Le fait que Peter se soit chargé en personne de mon approvisionnement a grandement contribué à me décontracter. Autour de Josepha, les prétendants s'agglutinaient comme des mouches dans l'attente de l'instant I.

Il a surgi sous la forme exacerbée de *A Whiter Shade of Pale* de Procol Harum.

Cette chanson figure dans la plupart des listes de chansons mythiques à la rubrique « Slows qui tuent de la balle mortelle ». Un soir, aux Jardins d'Eden's Club, Adam aurait séduit Ève sur ces premiers accords d'orgue reconnaissables entre mille.

Tout s'est passé très vite, les lueurs multicolores des spots ont balayé des dizaines de corps qui se sont rapprochés dans la pénombre naissante. Bastien avait invité Nelly. Quand il dansait un slow, il semblait participer à une compétition de judo. À tout moment, il pouvait projeter la fille par-dessus sa hanche et l'aplatir au sol. C'est du moins l'impression que donnait sa façon assez brutale et syncopée de la guider.

Je me tenais au milieu de la piste, au bord de faire preuve de mâle initiative, quand un parfum brun déguisé en apparition s'est planté devant moi. Un œillet rouge m'a d'abord fait de l'œil avant qu'un regard ne me transperce. Josepha n'a pas dit un mot, mais son silence appelait les miens.

– Tu danses ? ai-je forcément proposé.

Et ses bras se sont enroulés autour de mon cou tandis que dans les enceintes Jean-Michel Gibson se plaignait en anglais d'une sorte de mal de mer.

Normalement, j'aurais dû me sentir au sommet. N'avais-je pas ce que je voulais ?

Normalement…

Des ondes de haine jalouse me parvenaient des dizaines de types qui m'entouraient. J'avais été choisi par celle qui suscitait toutes les convoitises, et dont j'avais essayé depuis le début de mon séjour d'attirer l'attention. Celle-là même qui ne donnait son cœur qu'au compte-gouttes le pressait tout entier contre ma poitrine.

Ses cheveux effleuraient mes lèvres. Entre mes mains, sa taille ondulait sous le ressac de l'orgue.

Normalement, j'aurais dû être le plus heureux des hommes.

Mais il ne se passait rien à l'intérieur.

À l'extérieur, le monde continuait à tourner

sous mes yeux. Frédéric, qui dansait avec une inconnue aux longs cheveux blonds, ne me quittait pas de son regard assassin, à moins que ses messages subliminaux ne fussent réservés à ma cavalière. Moi, je fouillais la foule du mien en quête d'une silhouette bien précise.

Lorsque je l'ai trouvée, j'ai cru que ma poitrine se déchirait.

C'est à cet instant que j'ai compris ce que c'était qu'aimer. Ce fut comme si un noyau explosait. J'en eus le souffle coupé.

Maud dansait avec Peter et ça m'était insupportable. Insupportable de voir son front reposer sur sa poitrine et ses bras sur ses épaules. J'avais envie d'arracher mon ami anglais à son étreinte et de le flanquer sur un bras de catapulte qui l'expédierait loin d'ici, envie de crier et de la prendre dans mes bras.

Au lieu de ça, j'ai continué à danser avec Josepha.

Une vague de souffrance me submergeait, que j'accueillais avec un bonheur insensé. Je n'en revenais pas d'être passé si longtemps à côté. Par quel mauvais miracle m'étais-je égaré dans le visage de Josepha si c'était dans celui de Maud que je rêvais d'accoster ?

L'orgue planait sous le chapiteau et me vrillait le crâne. La main de Josepha pesait sur ma nuque, le regard de Frédéric, après quelques plombs, me décochait maintenant des missiles à têtes nucléaires. Ils allaient bientôt l'achever leur Procol Harum, les Jean-Michel Gibson, qu'on en finisse avec ce calvaire ?

Les pires événements ont une fin ; j'en ai eu une fois de plus la confirmation. Sur une ultime descente de clavier, la chanson s'est terminée. L'orchestre n'avait pas l'intention de laisser refroidir le chapiteau, il a enchaîné sur des accords de guitare à l'intérieur desquels l'*Angie* des Rolling Stones flottait comme un épouvantail dans des vêtements trop grands.

Je m'étais déjà décollé de Josepha, avec le plus de tact possible, ce qui ne l'a pas empêchée de sembler surprise. J'ai vu débouler Frédéric droit sur nous, j'ai bafouillé deux ou trois mercis embarrassés avant de me tourner vers l'endroit où se trouvait Maud quelques secondes auparavant.

Elle quittait la piste avec Peter. En lui tenant la main.

J'ai eu l'impression de me vider de mon sang.

Autour de moi, sous les bombardements mauves des spots et les boules à facettes, le manège avait repris. Sur scène, Jean-Mich bêlait *Angie* comme si la survie de l'humanité dépendait de sa capacité à imiter les chèvres. J'ai aperçu Josepha et Frédéric qui profitaient de l'intimité des lieux pour régler quelques détails de leur vie amoureuse. Mais mon regard revenait toujours fouiller cette poche d'ombre qui avait englouti Maud.

Peter et Maud. Maud et Peter. L'erreur de casting crevait les yeux.

Je suis retourné à notre table où Marco, Thomas et Vitas vidaient leur gobelet de bière en imaginant, selon toutes probabilités, le procès qu'aurait intenté Mick Jagger à l'orchestre s'il avait été présent ce soir. En d'autres circonstances, je me serais fait une joie d'ajouter mes commentaires aux leurs, mais j'étais trop occupé à m'en vouloir.

Depuis le début, il n'y avait eu que Maud et je ne m'en étais pas rendu compte. Avec elle j'étais bien, avec elle j'étais moi-même. Et là, j'étais plus seul que je ne l'avais jamais été. Avant, personne ne m'avait manqué.

J'avais jeté mon cœur dans cette fille comme dans un mûrier, et je le déchirais à vouloir le récupérer.

Thomas m'a repéré. Il a compris en un instant ce qui se passait et n'a eu qu'un geste : d'un mouvement de tête suivi d'un regard appuyé, il m'a indiqué une direction, celle des buvettes.

Je n'ai pas pris le temps de le remercier ; du temps, je n'en avais pas, et j'ai foncé, habité par un sentiment de colère désespérée. S'il n'était pas trop tard, j'allais réparer mes erreurs, retrouver Maud et lui parler. Parler, après tout, je savais faire. Je devais la convaincre de m'accorder une autre chance.

Si jamais c'était trop tard, j'allais devenir dingue.

Je n'ai pas eu besoin de chercher longtemps. Ils se tenaient face à face près d'un tronc d'arbre où un lampion pendait lamentablement, déversant sur eux sa lumière blafarde. De toute évidence, Peter cherchait à placer un baiser que Maud, solide en défense, évitait gentiment. D'un pas décidé, je les ai rejoints. Maud a posé sur moi un regard inexpressif.

– T'as quel numéro, toi? ai-je demandé à Peter.

– Qu'est-ce que tu racontes? Je n'ai pas!

– Moi c'est le un. T'as perdu.

– Perdu à quoi?

– Au *speed dating*, mon pote.

– Encore? Mais...

Et puis, Peter a semblé capter au fond de mes yeux une douleur qui l'a stoppé net. Il a compris que pour le bien des personnes présentes, il était préférable qu'il traverse la Manche en vitesse. Un coup d'œil vers Maud, qui n'avait rien dit pour protester contre mon interruption, a confirmé ses craintes : un instant avant, il était bien, un instant plus tard, il était de trop. Il a produit un maigre sourire, s'est incliné avec élégance et s'est éloigné.

Dès que j'ai cessé de le voir, Peter a cessé

d'exister. L'univers s'est contracté au point de se circonscrire au visage devant moi. Des mains invisibles transformaient mon estomac en origami. Je devais me lancer. Dans quelques secondes, j'allais être heureux, ou le même qu'avant, avec une pièce en moins.

– Tu disposes de deux minutes, numéro un !

Elle n'avait pas l'intention de me faciliter la tâche. J'ai respiré un grand coup.

– Maud, écoute…

Et je regardais ses lèvres en me jurant bien de mourir si je n'y posais jamais les miennes.

– … Je m'appelle Gaspard Corbin, j'ai seize ans et je suis le roi des abrutis. Une voiture en panne m'a amené jusqu'à toi, je vouerai dorénavant un culte éternel à ces bagnoles pourries, j'ai aimé te rencontrer, te retrouver, j'aime tes cheveux, ton sourire, tes yeux qui se baissent, ta voix qui hésite, tes rires… J'ai tout compris d'un coup. Quand ton regard croise celui d'un autre, je n'existe plus. Ceux que tu approches, j'ai envie de les tuer. C'est normal ? Pour toi, s'il le faut, j'inventerai de nouvelles recettes de chorizo, je me battrai dans les bals populaires, je boufferai de la vachette à tous les repas ! L'œillet t'était destiné, je n'ai jamais été aussi heureux et aussi malheureux en même temps, je n'y comprends rien. Je ne veux plus te quitter, même une seconde… Je n'ose plus cligner des yeux, j'ai peur que tu en profites pour t'en aller.

Est-ce que tu veux danser avec moi ? Dis oui. Je trouve que… que tu joues à merveille du piano invisible sur Evanescence, je trouve que Jean-Michel Gibson dirige un orchestre formidable, je pense que je commence à dérailler sérieusement et que si tu ne m'aides pas, ça ne va pas s'arranger…

Le sol se rapprochait à grande vitesse. J'ai respiré un coup.

– … Aide-moi…

Ma voix s'est échouée sur la dernière phrase.

– Je te le demande, avec des paumes douces, des mots tendres.

Elle a sursauté.

– Tu as dit quoi ?

– À quel moment précis ?

Ses grands yeux m'aspiraient, son visage s'est agrandi, son souffle a soufflé sur le mien.

– Aucune importance. Tu t'es amélioré, tu sais. Ton premier *speed dating* était moyen.

– Merci.

Elle a penché la tête, comme si elle me mettait en joue à bout portant.

– J'ai hâte d'entendre le numéro deux.

– Il n'y en a pas. Je l'ai assassiné.

Ses bras se sont doucement enroulés autour de mon cou et, pour la première fois, j'ai embrassé une fille que j'aimais.

Que la Dacia soit avec toi !

Le reste de la soirée est resté gravé dans ma mémoire et le restera à jamais. Le baiser que nous avons échangé a duré des heures, entractes compris. Impossible de s'arracher de ce coin de pénombre malgré le bruit de la fête qui semblait nous siffler au loin. Tout ce que je désirais tenait dans un mètre carré d'herbe pelée sous les branches squelettiques d'un arbre bourguignon.

Nous avons tout de même consenti à rallier la Terre. Sa main, que je serrais, allait à la mienne comme un gant. Les copains squattaient toujours le parquet lustré par des rivières de sueur issues des meilleures brasseries. Sur scène, Jean-Michel Gibson avait perdu trente kilos et son bassiste disparaissait maintenant derrière son instrument. Les tubes interplanétaires se succédaient, dans un désordre artistiquement équilibré : Madonna, La Compagnie Créole, Shakira, Boney M., Bruno Mars, Manu Chao… Il allait devoir batailler ferme le Jean-Michel

Gibson pour trouver un producteur partant pour commercialiser sa compile !

J'ai personnellement tout adoré à la folie. Entre deux pas de danse, j'embrassais Maud. L'ambiance était au rendez-vous et les gens n'étaient pas pressés d'aller se coucher.

Dès mon retour sur la piste, j'ai cherché Peter. Je tenais à m'excuser auprès de lui pour mon attitude cavalière sous le lampion. Un moment, j'ai eu peur de le retrouver avachi derrière les sacs-poubelle de la buvette, de la bière plein la chemise et des larmes dans les yeux. J'avais même préparé un discours émouvant sur l'amour plus fort que tout, l'amitié qui dépasse les frontières, mais j'ai vite été rassuré en l'apercevant torse nu au milieu du chapiteau, entraînant une ravissante brune dans un de ces rocks que recommandent tous les ostéopathes spécialistes des luxations à l'épaule. La présence de ses parents dans les parages ne le bridait pas outre mesure (j'ai compris pourquoi en apprenant le lendemain que le service d'ordre du comité des fêtes avait eu toutes les peines du monde à empêcher son père de pénétrer dans le camion des vachettes simplement vêtu d'un caleçon à pois et d'un tablier rouge sur les coups de quatre heures du matin...). J'ai donc dû attendre un peu qu'il rejoigne notre table pour lui proposer de fumer la bière de la paix, bien fraîche.

– Pas de problème, Gus ! m'a-t-il dit en levant le coude, sans rancune. On voyait qu'entre vous le *big love* allait coller.

Vous auriez pu me prévenir, ça m'aurait évité de passer pour Gilbert Montagné.

Et faudra un jour que tu m'expliques, Peter, pourquoi, sachant cela, tu t'es retrouvé sous le pommier !

En réalité, je n'en voulais nullement à Peter. Dans la vie, il obéissait à des principes de plaisir, avec des emprunts à court terme. Il a conclu la confession par des tapes amicales sur mon épaule et il est reparti démettre quelques articulations au centre du parquet.

Au cours de mes pauses, j'avais aussi observé Josepha. Elle avait passé la soirée avec Frédéric, collé-serré. Elle n'avait vu en moi qu'une antenne-relais de téléphonie transmettant son message pour un autre.

De toute façon, j'étais tellement heureux que j'aurais même accepté de gracier les vachettes affidées au clan des Toroleone. D'ailleurs, le couple que nous formions avec Maud, loin des jalousies, suscitait des regards plutôt complices.

La façon qu'avaient par exemple eue Thomas et Vitas de nous observer à notre retour de la buvette m'avait permis de comprendre le côté obscur de leurs récentes allusions cryptées. Ne laisse pas passer ta chance. J'ai saisi le message, les gars, et soyez bénis entre tous les potes.

Vers les deux heures du matin, Jean-Michel, au micro, a proposé à la foule, qui n'était pas rassasiée, soit d'arrêter la musique, soit de dénicher un chirurgien qui puisse en urgence, et aux frais de la municipalité, lui greffer de nouvelles cordes vocales. Le maire, présent dans un beau costume bleu qui se mariait bien avec les cravates dénouées, a choisi d'arrêter les frais, décision rendue sage par les incidents que l'abus d'alcool commençait à provoquer chez certains jeunes des villages avoisinants. En entendant cela, j'ai craint que Peter ne soit du nombre et je m'apprêtais à rameuter les troupes de choc pour l'exfiltrer de Mogadiscio quand je l'ai repéré, assis par terre en galante compagnie près d'une enceinte, loin des foyers d'agitation. Il m'a donné l'impression de vouloir arracher une molaire à sa compagne avec les dents. Tout allait bien. La soirée pouvait se terminer dans un rêve.

Maud et moi avons pris congé de nos amis sur un parquet couvert de mégots, de gobelets écrasés et de fausses notes abandonnées comme des milliers de cartes de visite par l'orchestre qui pliait bagage. Nous avons pris rendez-vous pour le lendemain, à la *peña*, pour le démontage express.

Aussitôt cette échéance évoquée, un cafard monstre m'a envahi. Maud m'a serré la main un peu plus fort et nous sommes partis dans la nuit.

Je l'ai raccompagnée chez elle, une maison située derrière l'église, à deux cents mètres à peine du Rendez-vous des amis. Longtemps j'ai mordu ses cheveux, caressé son front et goûté sa peau. Lorsque la porte s'est refermée sur elle, j'ai cessé de vivre, tout simplement.

La nuit n'a pas été bonne, une longue plage de désespoir traversée par de brèves pertes de conscience. En ouvrant la porte sur le palier, j'ai entendu en bas la voix de mes parents qui déjeunaient. À la leur se mêlait celle d'Henriette dont le rire ponctuait la conversation.

J'avais plusieurs fois échafaudé des plans qui retarderaient notre départ prévu le jour même. Détruire la Dacia en roulant dessus avec un char m'avait séduit, mais le forfait aurait été signé. Soudoyer Jean-Pierre Pichon, du garage Pichon, nécessitait des fonds dont je ne disposais pas.

Restait la plus délicate des options : convaincre mes parents de prolonger notre séjour. Après les avoir harcelés pour qu'on s'en aille. Bien entendu, si vous-même ou l'un de vos collaborateurs venait à être arrêté, notre département nierait vous avoir contacté.

Cette chambre s'autodétruira dans les cinq secondes.

Je me suis habillé et je les ai rejoints.

– T'en fais une tête, ce matin ! a déclaré ma mère.

– Je ne comprends pas pourquoi... Je me suis pourtant couché à vingt et une heures, juste après la météo.

– Vingt et une heures du matin, oui ! a grogné ma mère dont le sens de l'humour avait été détruit par l'orchestre, la veille.

– Chocolat au lait ? a finement botté en touche Henriette.

– Je veux bien, merci.

Tandis qu'elle s'éloignait, mon père a entamé l'interrogatoire parental :

– Alors, cette soirée ?

– Bien.

– Ils ont l'air sympathiques, tes amis !

– C'est vrai.

Mon laconisme l'irritait. Je m'y prenais comme un manche, mais ils mordaient sur mon univers et je le supportais mal.

Après cette entrée en matière désastreuse, j'ai ruminé en avalant mes tartines sur la meilleure façon d'aborder la question. Je n'en ai pas eu le temps.

– Tu as préparé tes affaires ? a demandé ma mère.

L'ultimatum avait été fixé au début de l'après-midi. Le propriétaire de notre location à Saint-Raphaël nous avait trouvé un appartement près du sien, avenue des Chèvrefeuilles, juste en face de la plage Beaurivage. L'aubaine. Jean-Pierre Pichon avait appelé tôt dans la matinée, il avait promis de redresser la tôle emboutie par la vachette furieuse et proposé à mes parents de reporter les travaux de peinture à leur retour de vacances, ce qui devait être l'affaire de deux jours à peine. L'occasion de repasser dans le coin…

Je finissais de manger et mes parents, devant mon mutisme, se levaient déjà pour me laisser en tête-à-tête avec moi-même quand j'ai déballé mon sac.

Pourquoi on ne restait pas ? N'avaient-ils pas clamé depuis le début qu'ils adoraient les gens, l'endroit ? Qu'allaient-ils trouver de plus à Saint-Raphaël, un bord de mer saturé de monde où les places de parking se négociaient à coups de fusil et où la municipalité avait installé des parcmètres pour les serviettes de plage ? Et puis, s'ils tenaient tellement à cette destination déconseillée par Bison Futé, ils n'avaient qu'à me laisser chez Henriette !

Si j'espérais que cette diatribe allait déclencher une franche discussion, avec échange d'arguments pesés, respect démocratique et recherche d'un consensus négociable, j'en ai été pour mes frais. Mon père, si zen d'ordinaire, est devenu rouge carmin et a répliqué au lance-flammes :

– Tu nous prends pour des tour operators ou quoi ? Je te rappelle que cette escapade dans le Midi, qui au passage nous plombe le budget, on l'a maintenue pour TE faire plaisir ! Tu n'as cessé de te plaindre depuis que tu es là, de réclamer ton copain Tony, ta discothèque du bord de mer et je ne sais quoi d'autre ! M. Valoni s'est décarcassé pour nous trouver une location, et tu voudrais que je lui téléphone pour annuler ? Tu rêves !

Henriette a passé une tête hors de sa cuisine mais, considérant l'ambiance, elle a jugé préférable d'y retourner.

– Quant à ta suggestion de rester seul, c'est hors de question ! Quand tu auras dix-huit ans, tu feras ce que tu voudras, en attendant, tu suis tes pauvres parents qui ont la faiblesse, ou la bêtise, d'organiser leurs congés en fonction de leur fils ! Tu as cinq minutes pour rassembler tes affaires et déposer ton sac dans le couloir. Ensuite, quartier libre jusqu'à l'heure du départ, tu pourras dire au revoir à tes amis.

J'ai abdiqué. Trop de mauvaise foi, évidemment. Le fascisme à l'état pur.

Mes préparatifs de départ n'ont duré que trois minutes. J'ai un peu claqué la porte de ma chambre, légèrement jeté mon sac devant la leur et vaguement dévalé les escaliers.

Nous avons mis une heure à transformer la *peña* en mikado.

Peter avait amené au plus près la camionnette de la supérette. Nous l'avons chargée tous ensemble avant que les employés municipaux ne viennent décaper au Kärcher les taches de jacqueline incrustées dans les galets du parking.

Notre travail accompli, nous nous sommes dirigés vers le Rendez-vous des amis. N'étant pas poursuivis par des bovidés sadiques, nous avons musardé. Je n'ai pas lâché Maud d'une paume. Curieusement, depuis que nous nous étions retrouvés, nous avions peu parlé, et nous nous étions peu embrassés, comme si la séparation à venir avait déjà fait son œuvre. Parfois, je jetais un coup d'œil à ma montre.

Le groupe s'est rassemblé dans son terrier secret. Les visages étaient dans l'ensemble froissés. Thomas m'a proposé un baby, j'ai décliné son offre et il s'est rabattu sur Bastien. Maud était sortie s'asseoir dans la cour intérieure, j'avais hâte de la rejoindre.

Je me suis assis en face d'elle. Je n'ai pas eu à chasser Peter pour ça. Je n'arrivais pas à croire que j'allais la quitter. La remplacer par

Tony, une promenade de bord de mer bétonnée, la ronde des scooters sur le rond-point… J'avais tant à faire ici, pêcher en rivière avec Marco, embrasser Maud, me perfectionner au baby, embrasser Maud, porter les enceintes des Thugs, embrasser Maud, caresser Maud, aimer Maud.

Bon sang, j'allais crever…

– Si on le veut vraiment, on peut t'empêcher de partir, a-t-elle dit.

– Comment ?

– Je le saurais, il ne serait même plus question que tu partes.

– Si tu as des pouvoirs, il est temps de le prouver.

– J'ai essayé de faire fondre le carburateur de ta voiture ce matin.

– Elle était garée devant l'hôtel quand je suis parti.

– Alors ça n'a pas marché.

– Je ne peux même pas t'expliquer à quel point tu vas me manquer.

Elle a avancé ses mains et je les ai serrées dans les miennes.

Puis j'ai étreint mes amis regroupés autour de moi. On aurait dit qu'on enterrait quelqu'un. Ce n'était pas faux. Bientôt, j'allais recevoir des pelletées de terre sur la tête et commencer à étouffer.

La bise aux filles, des poignées de main aux

copains, vivement qu'on se retrouve, à Paris ou ailleurs, Saint-Raphaël pour Josepha qui n'allait pas tarder à me rejoindre. Oui, c'était bon d'être avec vous. Je reviendrai, je vous le promets.

Quelques rires forcés m'accompagnèrent, comme si on avait chatouillé nos tristesses. La porte a claqué derrière moi, j'ai serré encore plus fort la main de Maud qui m'avait suivi, et nous nous sommes dirigés vers le Lion d'Or, histoire d'aller juste un peu plus loin ensemble.

J'avais déjà vécu cette scène du départ mais, cette fois, elle était réelle. Le démarreur a bien lancé le moteur de la Dacia, et j'ai vu s'éloigner Maud dans la vitre arrière. Elle a rapetissé jusqu'à devenir un petit soldat lointain, avec le bras qui s'agite mollement.

Lorsque nous avons dépassé le panneau, avec Fonlindrey barré, j'ai posé mes écouteurs sur mes oreilles et mis Evanescence à fond.

Je connaissais pour les avoir lus quelque part les effets de la séparation. On les avait décrits par de jolies formules qui m'ont semblé vides de sens, car ce que je ressentais, c'était l'horreur. Les mains d'une créature invisible m'arrachaient les tripes en ricanant. Nette, si nette, Maud jouait du piano derrière mes yeux fermés.

Nous sommes arrivés à l'entrée de l'autoroute. Ticket, barrière qui se soulève, direction

Dijon, puis Beaune, puis l'A6 jusqu'à l'exact emplacement de l'absence.

Nous n'avions parcouru qu'une poignée de kilomètres sur l'autoroute quand de la fumée est sortie du capot de la Dacia.

La dépanneuse n'a mis qu'une demi-heure pour nous rejoindre sur la bande d'arrêt d'urgence.

Sur le pont, mon père a décroché son téléphone. Il avait retrouvé le sourire.

– Allô, Henriette ? Oui, c'est Ludovic ! Écoutez, vous allez rire !

Journal (extrait)

Il revient.

Sophie s'est dépêchée de me prévenir, son père a sauté dans sa dépanneuse pour remorquer une Dacia en perdition sur l'autoroute. C'est lui. Séparés, nous tombons en panne et nous n'avançons plus.

Gaspard est un peu maigre mais il est maigre comme j'aime. Il est caustique, avec de grands cils qui posent de la douceur sur son visage, maladroit, avec de longues mains fines, exaspérant, avec une voix qui me pénètre. Son seul défaut est le papier cadeau qu'il faut déchirer pour atteindre sa vérité. Elle ne m'a pas sauté aux yeux, et je ne vois plus qu'elle maintenant ; c'est drôle la vie.

Je le sens qui revient, je respire mieux à mesure que passent les minutes qui nous rapprochent. Va-t-il courir vers moi tout à l'heure ? Non, il marchera, son petit sourire au coin des lèvres, et me dira exactement ce que je rêve d'entendre.

Gaspard ne pouvait pas partir. J'ai maudit

cette voiture qui l'emportait, et voilà le résultat ! Je me découvre des pouvoirs impressionnants, entre autres celui de prendre la vie à bras-le-cœur.

Je l'ai compris, je préfère être aimée que préférée. Gaspard m'a offert les deux.

Et il arrive.

Je l'entends.

Table des matières

Remerciements

À Ludovic Sherpa, secrétaire permanent à l'office de tourisme de la communauté de communes de Fon-lindrey-Ancerfond, pour avoir accepté de retirer sa plainte.

À Jeffrey Mc Callaghan, mon agent, qui a réussi à extorquer des sommes folles à des éditeurs crédules sur la base d'un synopsis famélique et grossièrement inabouti. *You did a good job, Jef!*

À Kiki, pour la soirée chez Nono avec Bobby. Le carré de l'hypoténuse n'est définitivement pas un cocktail ! Tu me comprends (tu m'expliqueras ?).

À Steven Spielberg, pour avoir réalisé le film tiré de *Gaspard in love*. Maintenant que je t'ai remercié, tu n'as plus qu'à le faire, Steve !

À Jean-Chimel, mon orfothoniste. Je crois qu'ensemble on a fini par y avirrer.

À Gunnar Strössmon, pour m'avoir fourni dans les pages 45, 52, 74-75- 76, 89, 102, 105, 254 et 259 de son roman *La Distance d'approche* (Éditions de La Faculté, 1948) les scènes que l'on retrouve in extenso dans *Gaspard in love*. Pas la peine de t'exciter, Gunnar, t'auras pas un rond, y a prescription.

À Jean-Luc Grimaud, Cathy Urel, Thierry Justin,

Gérard Jeantet, Omar Felouk, Yves Prisof, Zouzou Han, Juliette Gratinot, Bernard Demanche, Damien Tribard, Farid El Hamoun, Bamassa Fanty, Igor Brassiev, Paul Hunter. Ne me demandez pas pourquoi, je l'ignore. En plus, je ne vous connais même pas. Mais ça en jette !

À Fernand Granvilain, concessionnaire Dacia à Fonlindrey, qui a pris trois semaines sur ses congés pour me changer une bougie. Chapeau l'artiste !

À mes éditeurs, bien sûr. Qui, sinon vous, par la grâce d'une relecture attentive et de conseils avisés, dans cette histoire d'un poney perdu dans les steppes hongroises qui constituait la première version de ce texte, aurait pu voir se dessiner autre chose qu'un récit mortellement ennuyeux ? Personne. Ceci étant, s'il subsistait encore dans cette version définitive des imperfections, des redites, des erreurs, des fautes d'accord ou d'orgothraphe (merci encore Jean-Chimel), des longueurs, des approximations, des faiblesses narratives ou même des passages un peu moins parfaits que les autres, je vous en tiendrais pour responsables.

À mon personnage, sans qui je ne serais rien. Cela dit, l'inverse est vrai aussi.

À bientôt.

On sait peu de choses de **STÉPHANE DANIEL**. Dès le départ de sa fulgurante carrière, il aurait dissimulé son identité en intervertissant son prénom et son nom. Deux fois. On se perd d'ailleurs en conjectures sur ses motivations. Personne ne le connaissait !
Avant de se lancer dans l'écriture, il aurait exercé divers métiers tels que présentateur du vingt heures (arrivé sur le plateau à vingt heures quinze à cause du RER A, il est viré en 2014), éleveur d'étalons dans un haras normand (sauvagement piétiné par une jument début 2015), pilote de Formule 1 (flashé treize fois à Magny-Cours, il perd tous ses points d'un coup fin 2015) ou encore DJ à Saint-Tropez (lapidé après une heure et demie de Michel Delpech remixé). Chez Gallimard Jeunesse, il croise les doigts.

Dans la collection
Pôle fiction

M. T. Anderson
Interface

Bernard Beckett
Genesis

Terence Blacker
Garçon ou fille

Judy Blundell
Ce que j'ai vu et pourquoi j'ai menti

Anne-Laure Bondoux
Tant que nous sommes vivants

Ann Brashares
Quatre filles et un jean
- Quatre filles et un jean
- Le deuxième été
- Le troisième été
- Le dernier été
- Quatre filles et un jean, pour toujours

L'amour dure plus qu'une vie
Toi et moi à jamais
Ici et maintenant

Irena Brignull
Les Sorcières du clan du Nord
- Le sortilège de minuit

Melvin Burgess
Junk

Florence Cadier
Le rêve de Sam

Orianne Charpentier
Après la vague

Sarah Cohen-Scali
Max

Eoin Colfer
W.A.R.P.
- 1. L'assassin malgré lui
- 2. Le complot du colonel Box
- 3. L'homme éternel

Ally Condie

Atlantia

Promise

- Promise
- Insoumise
- Conquise

Andrea Cremer

Nightshade

- 1. Lune de sang
- 2. L'enfer des loups
- 3. Le duel des alphas

Christelle Dabos

La Passe-Miroir

- 1. Les Fiancés de l'hiver
- 2. Les Disparus du Clairdelune

Grace Dent

LBD

- 1. Une affaire de filles
- 2. En route, les filles !
- 3. Toutes pour une

Victor Dixen

Le Cas Jack Spark

- Saison 1. Été mutant
- Saison 2. Automne traqué
- Saison 3. Hiver nucléaire

Animale

- 1. La Malédiction de Boucle d'or
- 2. La Prophétie de la Reine des neiges

Berlie Doherty

Cher inconnu

Paule du Bouchet

À la vie à la mort

Chante, Luna

Mon amie, Sophie Scholl

Je vous écrirai

Timothée de Fombelle

Le livre de Perle

Cornelia Funke

Reckless

- 1. Le Sortilège de pierre

Alison Goodman

Eon et le douzième dragon

- Eon et le douzième dragon
- Eona et le Collier des Dieux

Michael Grant
BZRK
• BZRK
• Révolution
• Apocalypse

John Green
Qui es-tu Alaska ?
La face cachée de Margo

Lian Hearn
Le Clan des Otori
• 1. Le Silence du Rossignol
• 2. Les Neiges de l'exil
• 3. La Clarté de la lune
• 4. Le Vol du héron
• 5. Le Fil du destin

Maureen Johnson
13 petites enveloppes bleues
• 13 petites enveloppes bleues
• La dernière petite enveloppe bleue
Suite Scarlett
• Suite Scarlett
• Au secours, Scarlett !

Sophie Jordan
Lueur de feu
• Lueur de feu
• Sœurs rivales

Justine Larbalestier
Menteuse

David Levithan
A comme aujourd'hui

Erik L'Homme
Des pas dans la neige

Sue Limb
15 ans, Welcome to England !
• 15 ans, Welcome to England !
• 15 ans, charmante mais cinglée
• 16 ans ou presque, torture absolue

E. Lockhart
Nous les menteurs

Federico Moccia
Trois mètres au-dessus du ciel

Jean Molla
Felicidad

Jean-Claude Mourlevat
Le Combat d'hiver
Le Chagrin du Roi mort
Silhouette
Terrienne

Jandy Nelson
Le ciel est partout
Le soleil est pour toi

Patrick Ness
Le Chaos en marche
• 1. La Voix du couteau
• 2. Le Cercle et la Flèche
• 3. La Guerre du Bruit
Nous autres simples mortels

William Nicholson
L'amour, mode d'emploi

Jennifer Niven
Tous nos jours parfaits

Han Nolan
La vie blues

Tyne O'Connell
Les confidences de Calypso
• 1. Romance royale
• 2. Trahison royale
• 3. Duel princier
• 4. Rupture princière

Isabelle Pandazopoulos
La Décision

Leonardo Patrignani
Multiversum
• Multiversum
• Memoria
• Utopia

Mary E. Pearson
Jenna Fox, pour toujours
• Jenna Fox, pour toujours
• L'héritage Jenna Fox

François Place
La douane volante

Louise Rennison

Le journal intime de Georgia Nicolson

- 1. Mon nez, mon chat, l'amour et moi
- 2. Le bonheur est au bout de l'élastique
- 3. Entre mes nungas-nungas mon cœur balance
- 4. À plus, Choupi-Trognon...
- 5. Syndrome allumage taille cosmos
- 6. Escale au Pays-du-Nougat-en-Folie
- 7. Retour à la case égouttoir de l'amour
- 8. Un gus vaut mieux que deux tu l'auras
- 9. Le coup passa si près que le félidé fit un écart
- 10. Bouquet final en forme d'hilaritude

Carrie Ryan

La Forêt des Damnés

- La Forêt des Damnés
- Rivage mortel

Robyn Schneider

Cœurs brisés, têtes coupées

Ruta Sepetys

Big Easy

Ce qu'ils n'ont pas pu nous prendre

Le sel de nos larmes

Stéphane Servant

Guadalquivir

Dodie Smith

Le château de Cassandra

L. A. Weatherly

Angel

- Angel
- Angel Fire
- Angel Fever

Scott Westerfeld

Code Cool

Moira Young

Les chemins de poussière

- 1. Saba, ange de la mort
- 2. Sombre Eden
- 3. Étoile rebelle

Le papier de cet ouvrage est composé de fibres naturelles, renouvelables, recyclables et fabriquées à partir de bois provenant de forêts gérées durablement.

Maquette : Dominique Guillaumin
Photo de l'auteur : D.R.

ISBN : 978-2-07-508703-2
Loi n° 49-956 du 16 juillet 1949
sur les publications destinées à la jeunesse

Dépôt légal : mai 2018
N° d'édition : 320134
N° d'impression : 226511
Imprimé en France par Maury Imprimeur – 45330 Malesherbes